Pigmalión

Por

George Bernard Shaw

Como se verá más adelante, Pigmalión necesita, no un prefacio, sino un apéndice, que he puesto en su debido lugar.

Los ingleses no tienen respeto a su idioma y no quieren enseñar a sus hijos a hablarlo. Lo pronuncian tan abominablemente que nadie puede aprender, por sí solo, a imitar sus sonidos. Es imposible que un inglés abra la boca sin hacerse odiar y despreciar por otro inglés. El alemán o el español suena claro para oídos extranjeros; el inglés no suena claro ni para oídos ingleses. El reformador que hoy le haría falta a Inglaterra es un enérgico y entusiástico conocedor de la fonética. Por esta razón, el protagonista de mi obra es el tal conocedor.

Entusiastas por el estilo han existido en los tiempos pasados, pero clamaban en el desierto.

Cuando yo empecé a interesarme por el asunto, el ilustre Alexander Melville Bell, el inventor del lenguaje visible, había emigrado al Canadá, donde su hijo inventó el teléfono; pero Alexander J. Ellis seguía siendo un patriarca londinense, con una cabeza llamativa, siempre cubierto de un solideo de terciopelo, por lo que solía, de un modo muy cortés, pedir perdón en las reuniones públicas. Él y Tito Pagliardini, otro fonético veterano, eran hombres a quienes era imposible no querer. Henry Sweet, entonces un joven, no participaba de su suavidad de carácter; basta con decir que era tan poco tolerante para con las personas convencionales como Ibsen o Samuel Butler. Su gran aptitud como fonético (paréceme que de los tres era el que más valía profesionalmente) debiera haberle hecho merecedor de los favores oficiales, y tal vez haberle proporcionado los medios para popularizar sus métodos; pero lo impidió su satánico desprecio de todas las dignidades académicas y, en general, de todas las personas que tienen en más estima el griego que la fonética. Una vez, en los días en que el Instituto Imperial se había levantado en South Kensington y Joseph Chamberlain estaba atronando el país con su política imperialista, yo induje al director de una principal revista mensual a solicitar un artículo de Sweet por la importancia que había de tener para la política imperante.

Cuando leyeron el artículo, vieron que se reducía a un furibundo ataque contra un profesor de lenguas y literatura, cuya cátedra, según Sweet, no podía estar ocupada sino por un inteligente en ciencia fonética. El trabajo hubo de ser rechazado, y yo tuve que renunciar a realizar mi ensueño de poner en candelero a su autor. Cuando le encontré otra vez, más adelante, después de muchos años, vi con asombro mío que él, que había sido un joven muy presentable, a fuerza de llevar adelante su manía, había llegado a alterar su apariencia personal hasta el punto de parecer una caricatura de protesta contra Oxford y todas sus tradiciones. Seguramente con todo el dolor de su corazón se había visto obligado a aceptar algo parecido a una cátedra de fonética en aquel centro. El porvenir de la fonética queda a ciencia cierta en manos de sus discípulos, ya que todas creían firmemente en él; pero nada pudo convencer al hombre a que hiciera algunas concesiones a la Universidad, a la que, sin embargo, quedaba unido, por derecho divino, de una manera intensamente oxoniana.

No me cabe duda de que sus papeles, si ha dejado algunos, contienen sátiras que pudieran ser publicadas sin causar demasiados estragos... dentro de cincuenta años. No fue, en ningún modo, persona de malos sentimientos, según creo, sino todo lo contrario; pero no le era posible aguantar con paciencia a los necios.

Los que le conocieron se fijarán en la alusión que hago en mi tercer acto a la taquigrafía patentada que usaba para escribir tarjetas postales y que se puede adquirir comprando un manual de cuatro chelines y seis peniques publicado por la Prensa de Clarendon. Las tarjetas postales que la señora Higgins describe son como las que he recibido de Sweet.

Quise descifrar un sonido que un londinense representaría por zerr y un francés por seu, y le escribí preguntando con cierta viveza qué demonios significaba. Sweet, con infinito desprecio por mi estupidez, contestó que no solamente significaba, sino que obviamente era la palabra result, puesto que ninguna otra palabra conteniendo aquel sonido, y capaz de encajar en el sentido del contexto, existía en idioma alguno hablado del mundo. El que mortales menos expertos que él necesitaran más explicaciones, no le cabía en la cabeza a Sweet.

Por eso, aunque el punto esencial de su taquigrafía corriente está en que puede expresar perfectamente cualquier sonido del idioma, lo mismo vocales que consonantes, y que la mano del que escribe no tiene que hacer trazos que no sean los fáciles y corrientes con los que se escribe m, n y u, l, p y q con la inclinación que más cómodo sea, su desgraciada determinación de hacer servir de signos taquigráficos ese notable y muy legible alfabeto lo redujo en su propia práctica al más inescrutable criptograma. Su verdadero objeto era la creación de un alfabeto completo, exacto y legible para nuestro noble, pero mal trajeado idioma; pero no lo logró por haber despreciado el popular sistema Pitman de taquigrafía. El triunfo de Pitman fue debido a una buena organización del asunto. Pitman publicó un periódico para convencer a todos de la necesidad de aprender su sistema. Publicó además libros de texto baratos, ejercicios y transcripciones de discursos para ser copiados por alumnos, y fundó escuelas en las que profesores expertos enseñaban de manera que los alumnos hacían rápidos progresos. Sweet no pudo organizar su mercado de este modo. Era como una sibila que abrió de par en par el templo de la profecía cuando nadie quería entrar.

Su manual de cuatro chelines y seis peniques, en su mayor parte litografiado y reproduciendo sus apuntes, que nunca fue anunciado en la Prensa, tal vez algún día sea recogido por un Sindicato y lanzado a la circulación como el Times ha lanzado la Enciclopedia Británica. Pero hasta tanto, seguramente no prevalecerá contra Pitman. He comprado en mi vida tres ejemplares de dicho manual, y los impresores me dicen que les queda un gran número de ellos. Me tomé el trabajo de aprender el método de Sweet, y, sin embargo, para taquigrafiar las presentes líneas el método que empleo es el de Pitman. Y la razón de ello es que mi secretaria no sabe transcribir a Sweet por haber aprendido a la fuerza a Pitman en las escuelas. Por eso Sweet se rio de Pitman tan vanamente como Tersites se rio de Ayax. Con toda su risa, no logró desbancar a su competidor. Pigmalión Higgins no es un retrato de Sweet, para quien la aventura con Luisa Doolitle hubiese sido imposible. Sin embargo, hay en el personaje rasgos que son de Sweet. Con el físico y el temperamento de Higgins puede que Sweet hubiese hecho arder en llamas el Támesis. Tal como fue supo llamar la atención de los fonéticos de Europa lo suficiente para que su oscuridad personal y su fracaso en Oxford sean todavía objeto de asombro y los profesionales estén convencidos de sus grandes méritos.

No censuro a Oxford, porque creo que Oxford tiene perfecto derecho de exigir cierta amenidad social de su personal docente (¡Dios sabe cuán exigua es esa exigencia!); porque aunque bien sé cuán difícil es para un hombre genial no apreciado en su valor mantener relaciones amables y serenas con los que le menosprecian, de todos modos, por mucho que sea su rencor y su desdén para con ellos no puede esperar que, demostrándoselo a diario, le paguen sus desplantes con manifestaciones de cariño y de respeto.

De las ulteriores generaciones de fonéticos sé poco. En ellos descuella el poeta laureado, al que tal vez Higgins le deba sus simpatías miltonianas, aunque también en esto debo hacer constar que no he retratado a Sweet ni a nadie. Pero si mi obra contribuye a llevar al conocimiento del público que existen realmente personas dedicadas a la fonética y que pertenecen a las clases más ilustradas de Inglaterra en la actualidad, no habrá sido escrita en vano. Puedo vanagloriarme de que Pigmalión ha tenido un extraordinario éxito en los teatros de Europa y de América, lo mismo que en Inglaterra. Es tan intensa e intencionalmente didáctico, y su asunto, al mismo tiempo, es tan árido de por sí, que no puedo por menos de regocijarme ante tales éxitos, al pensar en los corifeos de la crítica, que no cesan de proclamar que el arte nunca debe ser didáctico. Aquí está la prueba de lo bien fundado de mi punto de vista.

Finalmente, para animar a los que se apuran por su mala pronunciación, temiendo que ésta les obstruya el camino a altos empleos, añadiré que el cambio maravilloso operado en la pobre florista por el profesor Higgins no es imposible ni descomunal. La hija del portero moderno, que llena su ambición haciendo la reina de España en Ruy Blas, en el Théâtre Français, es uno solo de los muchos miles de personas que se han despegado de su acento nativo y adquirido un nuevo modo de hablar. Pero la cosa debe hacerse científicamente para evitar que el remedio sea peor que la enfermedad. Un acento nativo franco y natural, por malo que sea, es más tolerable que los esfuerzos de una persona fonéticamente ineducada para imitar el vulgar dialecto de los deportistas aristocráticos. Y duéleme tener que decir que, a pesar de la enseñanza de nuestra Academia de Arte Dramático, en los escenarios ingleses quedan todavía demasiados dejes y resabios viciosos, y no florece bastante la noble dirección de Forbes Robertson.

PERSONAJES

MADRE (SEÑORA EYNSFORD HILL).

HIJA (SEÑORITA EYNSFORD HILL).

FLORISTA (ELISA DOOLITLE).

MISTRESS PEACE.

MISTRESS HIGGINS.

Una DONCELLA.

CABALLERO (CORONEL PICKERING).

EL DE LAS NOTAS (ENRIQUE HIGGINS).

ALFREDO DOOLITLE.

Un DESCONOCIDO.

Un GOLFO.

Un GUASÓN.

Un CIRCUNSTANTE SARCÁSTICO.

ESPECTADORES, TRANSEÚNTES.

ACTO PRIMERO

Pórtico de la iglesia de San Pablo, en Londres, después de las doce de la noche. Lluvia torrencial, con truenos y relámpagos. Por todas partes, llamadas a los cocheros y chóferes de taxis. Los transeúntes corren a cobijarse en los portales, cafés o en donde pueden. En el pórtico hay varias personas, entre ellas una señora distinguida y su hija, en traje de sociedad. Todos miran mohínos cómo cae el agua, excepto un caballero ocupado en tomar notas en un cuaderno. En un reloj de torre vecino se oyen dar las doce y media.

LA HIJA. — (Malhumorada.) Nos vamos a calar hasta los huesos. ¡Vaya un chaparrón! ¡Quién lo hubiese esperado, con una noche tan serena cuando salimos de casa! Pero ¿en qué estará pensando Freddy? Ya han pasado por lo menos veinte minutos desde que se fue en busca de un coche.

LA MADRE. — No tanto, hija. Pero, en fin, ya podía haber venido.

UN DESCONOCIDO. — (Al lado de ellas.) No se hagan ustedes ilusiones. Ahora, a la salida de los teatros, no se encuentra un coche por toda la ciudad. Si sigue lloviendo, no tendremos más remedio que esperar que vuelvan de sus carreras.

LA MADRE. — Pero esto no puede ser. Necesitamos un coche a todo trance. No podemos esperar tanto.

EL DESCONOCIDO. — Pues no hay más que tener paciencia.

LA HIJA. — Si Freddy tuviese dos dedos de frente, habría ido al punto del circo, que allí todavía no ha acabado la función.

LA MADRE. — El pobre chico habrá hecho lo posible.

LA HIJA. — Otros saben encontrar coches. ¿Por qué no puede él? Ahí viene el tonto, y sin nada. (FREDDY viene corriendo desde una calle lateral, y al entrar en el pórtico cierra su paraguas, que chorrea abundantemente agua. Es un joven de veinte años, en traje de sociedad, y tiene los pantalones hechos una lástima por el agua. Lleva lentes dorados.)

LA HIJA. — Bueno; ¿qué hay? Ya me lo figuro.

FREDDY. — Nada, no se encuentra un coche por ninguna parte... ni a tiros.

LA HIJA. — Tontería tuya. ¿Crees que debemos ir nosotras a buscarlo?

FREDDY. — Lo que te digo es que están todos ocupados. La lluvia ha venido tan inesperadamente, que casi nadie llevaba paraguas; de modo que todos los coches se han alquilado en el momento. Primero bajé a Charing Cross, y luego a Ludgate Circus. Y nada.

LA MADRE. — ¿No fuiste a Trafalgar Square?

FREDDY. — Allí no había ninguno.

LA HIJA. — Pero ¿tú fuiste allí?

FREDDY. — Fui hasta la estación de Charing Cross. Supongo que no querrías que hubiese ido a Hammersmith.

LA HIJA. — Tú no fuiste a ninguna parte.

LA MADRE. — La verdad, Freddy, es que tú eres muy torpe. Anda, vete otra vez y no vuelvas sin un coche. No podemos pasar la noche aquí.

FREDDY. — Si os empeñáis, iré; pero me calaré en tonto.

LA HIJA. — Como lo que eres. A ti todo te sale por una friolera, mientras tanto...

FREDDY. — Bueno, bueno; no hables más, y sea lo que Dios quiera. (Abre su paraguas y sale corriendo, pero tropieza con una florista que viene precipitadamente para resguardarse de la lluvia, y cuyo canasto de flores se cae al suelo de modo lastimoso. Un relámpago deslumbrador seguido de fuerte trueno ilumina el incidente.)

LA FLORISTA. — ¡Anda, pasmao! ¡Vaya con el señorito cegato! Nos ha amolao el cuatro ojos. ¡Ay, qué leñe!

FREDDY. — Bastante lo siento, pero tengo prisa. (Escapa corriendo.)

LA FLORISTA. — (Recogiendo sus flores y volviendo a colocarlas en el canasto.) ¡Vaya unas maneras que tienen algunos! ¡Moño, las tienen de...! ¡Y poco barro que hay! ¡Pues ya nos hemos ganao el jornal! (Se agacha y sigue arreglando sus flores lo mejor que puede, al lado de la señora. No es una muchacha muy hermosa. Tiene unos dieciséis años. Su traje modesto está bastante ajado. Su calzado se halla en mal estado. Su tez atestigua el efecto continuo de la intemperie. No es que, en general, no esté limpia y algo cuidada; pero, al lado de las señoras elegantes, el contraste es bastante grande. Sin embargo, se ve que con un poco de cuidado sería una muchacha muy aceptable.)

LA MADRE. — No sea usted deslenguada, que mi hijo lo hizo sin querer.

LA FLORISTA. — Anda, ¿conque es hijo de usted, señora? Bien. Pues mire: podrá usted pagarme las flores estropeás. No se figure usted que a mí me las regalan.

LA HIJA. — ¡Pagarle las flores! No faltaba más; haber tenido usted cuidado.

LA MADRE. — Ten juicio, Clara, que la chica sale perjudicada. ¿Tienes dinero suelto?

LA HIJA. — No llevo más que una pieza de seis peniques.

LA MADRE. — Pues venga. Toma, chica, por lo que te han estropeado.

LA FLORISTA. — Muchísimas gracias, señora, y que tenga usted mucha saluz.

LA HIJA. — Seis peniques tirados... No vale un penique todo el canasto.

LA MADRE. — Calla, mujer; no vale la pena.

LA FLORISTA. — ¡Qué buena es la señora! ¡Si toas fuan así!...

LA MADRE. — Bueno. Pero otra vez no hagas tantas alharacas.

LA FLORISTA. — ¿No ha de gritar una cuando la pisan un callo? (Un caballero ya entrado en años, al parecer militar retirado, de aspecto jovial, viene corriendo a refugiarse en el pórtico. Su gabán chorrea agua. Sus pantalones están en el mismo estado que los de

FREDDY. Debajo del gabán lleva traje de sociedad. Ocupa el sitio de la izquierda dejado vacante por CLARA, que se ha retirado hacia adentro.)

EL CABALLERO. — ¡Vaya un tiempecito!

LA MADRE. — (Al CABALLERO.) Ya, ya; me parece que hay para rato.

EL CABALLERO. — Es lo que temo. Parecía que iba a aclarar, y ya ve usted cómo cae ahora. (Se acerca a la FLORISTA, después de haberse remangado los pantalones.)

LA FLORISTA. — (Trata de entablar conversación con el CABALLERO.) Cuando cae así, con fuerza, no crea usted, cabayero, es que pronto se acaba. Ande, mi general, cómpreme un ramiyete.

EL CABALLERO. — Lo siento, hija, pero no tengo cambio.

LA FLORISTA. — Por eso no lo deje, que yo puedo cambiarle.

EL CABALLERO. — ¿Un "soberano"? No llevo menos.

LA FLORISTA. — ¡Anda la mar! Si tuviá yo un "soberano", estaría yo ahora en un palco de la Ópera. Mírese a ver si tiene medio penique.

EL CABALLERO. — Vaya, no molestes. ¡Cuando te digo que no llevo! (Buscando por sus bolsillos.) ¿No lo he dicho?... ¡Calla! Aquí tengo seis peniques en plata; a ver si nos arreglamos.

LA FLORISTA. — Pues sueltos llevo cinco peniques. Tome dos ramiyetes y los cinco dichos. Le sale a medio penique ca ramiyete. Me paece que... (Da un grito, pues un vendedor de periódicos, de unos doce años, acaba de pellizcarla en el brazo.) ¡Golfo, marrano! ¿Qué ties tú que pellizcarme?

(Restregándose el brazo.) ¡Qué animal!

EL GOLFO. — Es pa anunciarme.

LA FLORISTA. — ¡Pues ni que fuás el Padre Santo! ¡Mira que anunciarse con cardenales!

EL GOLFO. — Cállate, pelucha, y hazme caso a mí. A ver si vas a la Comi (Bajando la voz.), que allí detrás hay uno de la ronda, que no me gusta naa. Ya sabes lo que dice el bando...: que a las floristas os está prohibido molestar al público. Me paece que el poli aquel te está apuntando.

LA FLORISTA. — (Muy asustada.) Yo no he hecho naa malo. Tengo derecho a vender flores, que pa eso pago mi licencia. Yo soy una chica honraa, y a ese cabayero sólo le dije que me comprase unos ramiyetes.

EL GOLFO. — ¿A mí que me cuentas? Por lo que puá tronar, ándate con cuidao. ¡"La Nación"! (Se aleja a través de la lluvia.)

LA FLORISTA. — Ustedes, señores, son testigos... que yo no he hecho naa malo. (Tumulto general, en su mayoría expresando simpatía por la FLORISTA, pero protestando contra sus alharacas.)

LA MUCHEDUMBRE. — ¡Cállate la boca, tonta, que nadie se mete contigo, caramba! ¡Calma, calma, chica! ¡Pero qué pamemas son ésas! ¡Qué escandalosa es la criatura! ¡No le da poco fuerte a la niña! (Óyese decir por varios. Algunos hombres le dan golpecitos en los hombros de modo protector. Otros, malhumorados, quieren que se calle o se vaya con la música a otra parte. Un grupo, que no se ha enterado de lo sucedido, trata de acercarse y aumenta la confusión con sus empujones y preguntas). ¿Qué demonios pasa? ¿Qué le sucede a la muchacha? ¿Dónde está él? ¿Un policía ha tomado notas? Ya se supone lo que habrá sido. Habrá querido meter la mano en el bolsillo de alguien... Ya se sabe cómo las gastan esas chicuelas.

LA FLORISTA. — (Cada vez más apurada, fuera de sí, se precipita a través de los circunstantes hacia el CABALLERO de marras, y grita desaforadamente.) Oiga usté, cabayero; diga usté la verdá. ¿Qué es lo que he hecho yo? Yo no he quitao naa a nadie. Que me registren.

UN GUASÓN. — (Arrimándose.) Servidorito no tiene inconveniente. Manos a la obra...

LA FLORISTA. — (Dándole un golpe en la mano que acercaba.) Tóquese usted las narices...

EL DE LAS NOTAS. — (Yendo hacia ella seguido de todos.) Vaya, vaya, calma. ¿Por quién me has tomado a mí?

EL DESCONOCIDO. — Es verdad; no es poli: es un caballero. No hay más que ver su calzado. (Explicando al de las NOTAS.) Aquí la gachí le ha tomao por otro. S'ha figurao qu'era usté un guiri.

EL DE LAS NOTAS. — (Con súbito interés.) ¿Un guiri? ¿Qué es?

EL DESCONOCIDO. — (Que no tiene aptitudes para las definiciones.) Pues le diré: un guiri es... un guiri. Eso es. No lo sé decir d'otro modo.

LA FLORISTA. — (Muy nerviosa.) Juro por la saluz de mi madre, que en paz descanse, que yo no he hecho naa.

EL DE LAS NOTAS. — (Altanero, pero de muy buen humor.) Cállate, si puedes, que me pones nervioso. Ya comprendo; ¿tengo yo facha de policía?

LA FLORISTA. — (Lejos de tranquilizarse.) Pues, entonces, ¿a qué viene el tomar apuntes? ¡Yo qué sé lo que habrá escrito ahí! Enséñemelo a ver. (El de las NOTAS abre su cuaderno y se lo pone debajo de las narices, por más que la presión de los que tratan de leer por encima de sus hombros daría en tierra con un hombre menos fuerte que él.) ¿Qué dice? Yo no sé leer eso.

EL DE LAS NOTAS. — Yo, sí; escucha. (Lee reproduciendo exactamente la fonética, de la muchacha. Para que la ilusión sea completa, la misma actriz puede hablar, haciéndose creer al público que es el presunto imitador.) "Cuando cae así, con fuerza, no crea usté, cabayero, es que pronto se acaba. Ande, mi general, cómpreme un ramiyete..."

LA FLORISTA. — ¡Qué voz pone! Pero vamos a ver: ¿es un crimen el que yo haya llamao general al señor cuando tal vez no sea más que coronel? (Dirigiéndose al CABALLERO.) Usté dirá, cabayero, si me he propasao en algo.

EL CABALLERO. — Nada, mujer. (Al de las NOTAS.) Si es usted de la secreta, le diré que la muchacha no ha faltado ni a mí ni a nadie. Está en su perfecto derecho, creo yo, al tratar de vender sus flores.

Los CIRCUNSTANTES. — (Juntándose en su poca simpatía por la Policía.) ¡Claro! ¡Qué ganas de meterse donde nadie le llama! Esto no se ve más que en este país. ¡Si creerá que con esas chinchorrerías se va a ganar el ascenso! Le digo a usted que ni en la Papuasia. ¡Que se vaya a tomar el fresco!..., etcétera. (La chica, al ver que tantos toman su defensa, se engríe y mira retadora a su supuesto enemigo.)

EL DESCONOCIDO. — Pero, señores, ¡si está visto que ese señor no es de la Policía! A mí me parece que es un guasón que quie tomarnos el pelo.

EL DE LAS NOTAS. — ¡Qué listo es usted! Bien se ve que ha nacido usted en Whitechapel.

EL DESCONOCIDO. — (Atónito.) ¿Cómo lo sabe usted?

EL DE LAS NOTAS. — (Sonriendo.) Por un pajarito que me lo dice todo. (A la FLORISTA.) También tú eres de por allí.

LA FLORISTA. — Sí, sí; en aquel barrio nací; no lo puedo negar; pero no me vaya usted a multar por ello..., que no lo volveré a hacer. (Risas.) Ahora vivo en Lisson Grove. Esto supongo que no es un crimen. (Empieza nuevamente a lamentarse.)

EL DE LAS NOTAS. — (Sonriendo.) Vive donde te dé la gana, pero cesa de gimotear. ¡Caramba!

EL CABALLERO. — Anda, muchacha, serénate, que nadie se mete contigo.

LA FLORISTA. — (Todavía quejumbrosa, en voz baja.) Soy una muchacha honraa.

EL CIRCUNSTANTE SARCÁSTICO. — Si todo lo adivina, dígame: ¿en qué calle me he criado yo?

EL DE LAS NOTAS. — (Sin vacilar.) En la de Hoxton. (Sensación. El interés por los conocimientos del tomador de notas aumenta.)

EL CIRCUNSTANTE SARCÁSTICO. — (Atónito.) Pues es verdad. ¡Qué hombre! ¡Lo sabe todo!

LA FLORISTA. — No es una razón para meterse conmigo.

EL CIRCUNSTANTE SARCÁSTICO. — Claro que no; ni con nadie que no haya cometido falta alguna. A ver si resulta un policía "ful". Si no, que enseñe la insignia.

ALGUNOS. — (Animados por esta apariencia de legalidad.) Eso es: que enseñe la insignia.

EL DESCONOCIDO. — No saben ustedes distinguir. Ese señor no es policía. Es Onofrof, el adivinador de pensamientos. Le he visto trabajar en el circo. (Alzando más la voz.) Oiga usted, musiú: díganos de dónde es aquel caballero al que llamó general la muchacha.

EL DE LAS NOTAS. — Es de Cheltenham. Estudió en Cambridge y ha vivido últimamente en la India.

EL CABALLERO. — Totalmente cierto. (Gran risa general. Reacción a favor del tomador de NOTAS. Exclamaciones de asombro.) ¡Pues sí que lo entiende! ¡Hay que ver! ¡Parece mentira! Dispense la pregunta, caballero: ¿es usted artista de "varietés"?

EL DE LAS NOTAS. — No, señor; pero no digo que no lo sea algún día. (La lluvia cesó y las primeras filas comenzaron a alejarse.)

LA FLORISTA. — (Queriendo seguir haciéndose la interesante.) ¡Vaya un cabayero, que se mete con una pobre muchacha! ¿Si creerá que yo era gitana y le iba a hacer competencia?

LA HIJA. — (Impaciente, acercándose a la entrada del pórtico, empujando bruscamente al CABALLERO, que se aparta cortésmente.) Pero, ¡por Dios!, ¿qué ha sido de Freddy? ¡Voy a coger una pulmonía en este maldito pórtico!

EL DE LAS NOTAS. — (Para sí, anotando aprisa.) Earls-court.

LA HIJA. — (Con aspereza.) Hágame usted el favor de guardar para sí las observaciones impertinentes.

EL DE LAS NOTAS. — Habré pensado en voz alta. Fue sin querer. Perdone. Su señora madre es de Epson, no hay duda.

LA MADRE. — (Acercándose.) ¡Qué cosa más curiosa! Es verdad que me crie en Lagerlady Park, cerca de Epson.

EL DE LAS NOTAS. — Me alegro de haber acertado. Estuve dudando si era usted de Croydon.

LA MADRE. — De Croydon eras mis padres; pero cuando yo tenía siete años se trasladaron a la vecina población de Epson.

EL DE LAS NOTAS. — Me lo figuré. (Dirigiéndose a la HIJA.) Usted, señorita, lo que quiere es un coche de punto, ¿verdad?

LA HIJA. — (Con aspereza.) ¿A usted qué le importa?

LA MADRE. — ¡Por Dios, Clara, no seas así! ¡Vaya un genio que se te ha puesto! (La HIJA la rechaza con un movimiento brusco y se retira altanera.) Dispénsela, caballero, que está muy nerviosa. Yo le agradecería a usted mucho que nos encontrara un coche. (El de las NOTAS da un silbido fuerte.) Muchas gracias, caballero. (El de las NOTAS avanza hacia la calle y grita con voz estentórea: "¡Cocheroo!")

EL DESCONOCIDO. — ¡Buenos pulmones, caramba!

LA FLORISTA. — ¡Yo lo que digo es que no tié derecho a molestarme! ¿Soy acaso una mendiga?

EL DE LAS NOTAS. — La gente sigue pasando con los paraguas abiertos, y eso que ya hace diez minutos que cesó la lluvia.

UNO DE LOS CIRCUNSTANTES. — Pues es verdad. Estamos aquí haciendo los tontos. (Se va precipitadamente.)

EL DESCONOCIDO. — (Extendiendo la mano para ver si llueve.) ¡Recontra! ¡Si ya no cae! Claro, con esos charlatanes que le entretienen a uno... (Se tienta de repente para cerciorarse de que no le han quitado el reloj.)

Nada, nada; no ha pasado nada. Porque ya se sabe, a lo mejor, en estas apreturas... (Se aleja.)

LA FLORISTA. — Debiera denunciarle, por coación.

LA MADRE. — Ya escampó, Clarita. Podemos ir a tomar un autobús. Anda, vamos. (Se remanga las faldas y echa a andar.)

LA HIJA. — Pero, mamá, el coche de punto... (La MADRE ya está fuera del alcance de su voz. CLARA no tiene más remedio que apretar el paso detrás de ella.) ¡Qué fastidio! (Todos se van, menos el de las NOTAS, el CABALLERO y la FLORISTA, que está arreglando su canasto, lamentándose a media voz.)

LA FLORISTA. — ¡Vaya una vida perra la que tiene una! ¡Cuánto hay que sudar para ganarse un triste piri! Y encima la amuelan a una de todas las maneras.

EL CABALLERO. — (Acercándose al de las NOTAS.) Me interesa mucho lo que acabo de oír. ¿Cómo hace usted?

EL DE LAS NOTAS. — Pues, sencillamente, tengo buen oído y buena memoria, y luego me he dedicado al estudio de la fonética. Esto es mi profesión y mi afición. ¡Dichoso el que tiene una profesión que coincide con su afición! Lo corriente es distinguir por el acento a un irlandés, a uno de Yorkshire. También es fácil conocer el origen de los extranjeros que hablan inglés, por bien que lo hablen. Pero mi especialidad es distinguir los miles de acentos que hay dentro de Inglaterra, con una diferencia local de seis millas. Hasta distingo los acentos de los diferentes barrios de Londres. Como usted sabe, cada población presenta en su vocabulario y en el modo de pronunciarlo matices característicos, y hasta podría decirse que cada familia tiene dejos y expresiones que le son peculiares. Pues yo todo esto lo apunto y lo guardo en la memoria. Además, poseo grandes conocimientos lingüísticos y tengo el don de imitar cualquier voz, cualquier entonación, cualquier acento.

LA FLORISTA. — Sí, sí; ahora quiere hacerse pasar por ventríloco; pero a mí no hay quien me quite que es de la secreta.

EL CABALLERO. — ¿Y da para vivir esa habilidad?

EL DE LAS NOTAS. — ¡Ya lo creo! Estos tiempos son, como usted sabe, de "snobismo". Las clases ricas, lo mismo las burguesas que las aristocráticas, viajan mucho y quieren estudiar idiomas extranjeros y, sobre todo, pronunciarlos bien, aunque no los entiendan. Hoy las personas de viso pronuncian el francés, el alemán, mejor que los propios nacionales respectivos. Pues bien: yo, habiendo analizado exactamente los fenómenos de la fonética, puedo fácilmente, indicando la posición que hay que dar a la lengua, los labios, etcétera, enseñar la pronunciación de cualquier idioma. Mis discípulos se quedan atónitos de sus propios progresos. Hago furor, como quien dice. No doy lecciones a menos de dos libras por hora, y tengo que rechazar discípulos.

LA FLORISTA. — ¡Y una siempre hecha la pascua! ¡Cuando se nace con mala pata...!

EL DE LAS NOTAS. — (Perdiendo la paciencia.) Mujer, no cargues tanto. Cállate, si puedes, y si no, vete con la música a otra parte.

LA FLORISTA. — Cabayero, usted l'ha tomao conmigo. Creo que tengo el mismo derecho a estar aquí que usté.

EL DE LAS NOTAS. — Una mujer que chincha tanto como tú no tiene derecho a estar en ninguna parte. ¡Vaya con la chicuela!

LA FLORISTA. — ¿Pa que quedrá que yo me vaya? ¡Pues no me sale del moño! ¡No faltaba más! También tengo yo mi diznidá y..., y... tal. ¡Pa chasco!

EL DE LAS NOTAS. — (Sacando su cuaderno de apuntes.) ¡Cielos, qué sonidos! ¡Y éste dicen que es nuestro idioma, tan hermoso, tan sonoro, tan eurítmico!

LA FLORISTA. — (Con voz aguda.) A este hombre le falta un tornillo. (El de las NOTAS repite estas palabras con la misma entonación. La FLORISTA, primero, atónita: luego, riéndose involuntariamente por la perfecta imitación.) ¡Ay qué gracia!

EL DE LAS NOTAS. — ¿Ve usted a esa muchacha con su lenguaje canallesco y estropeado, ese lenguaje que no la dejará salir del arroyo en toda su vida? Pues bien: si fuese cosa de apuesta, yo me comprometería a hacerla pasar por una duquesa en la "soirée" o en la "garden-party" de una Embajada. Digo más: le podría proporcionar una colocación como dama de compañía o como de vendedora en una tienda elegante, para lo que se exigen mejores modos de expresarse. Con decirle a usted que me dedico a desbastar a millonarios advenedizos, a nuevos ricos, creo haber dicho bastante. Con lo que me pagan prosigo mis trabajos científicos en fonética y lingüística.

EL CABALLERO. — Yo también me ocupo de lenguas. He estudiado los dialectos de la India y...

EL DE LAS NOTAS. — (Con vivacidad.) ¡Hombre! ¿Conoce usted al coronel Pickering, el autor de "El sánscrito hablado"?

EL CABALLERO. — (Sonriendo.) ¡Ya lo creo que le conozco! ¡Como que soy yo el tal coronel!

EL DE LAS NOTAS. — ¿Es posible? (Dándole la mano.) ¡Cuánto me alegro de conocerle personalmente! Soy Enrique Higgins, el autor del "Alfabeto fonético universal".

PICKERING. — ¡Qué casualidad! Yo he venido de la India para verle a usted.

HIGGINS. — Y yo pensaba marcharme a la India para verle a usted.

PICKERING. — Deme usted sus señas, que tendremos que hablar detenidamente.

HIGGINS. — En Wimpole Street, veintisiete, A, me tiene usted a su disposición. Vaya usted mañana mismo, por la mañana.

PICKERING. — Yo estoy en el hotel Carlton. Véngase ahora conmigo; cenaremos y charlaremos.

HIGGINS. — De acuerdo.

LA FLORISTA. — (A PICKERING, al pasar éste delante de ella.) Cómpreme una flor. No tengo donde dormir.

PICKERING. — Hija, lo siento. No tengo nada suelto. (Prosigue su camino.)

HIGGINS. — (Enfadado por la pedigüeñería de la chica.) ¡Embustera! Acabas de decir que tenías cambio de media corona.

LA FLORISTA. — (Desesperada.) ¡Que siempre usted me ha de salir en contra! (Arrojando el canasto a sus pies.) Tome usted todo el canasto por seis peniques, para acabarlo. (El reloj de la catedral da la media.)

HIGGINS. — (Oyéndole como a una advertencia del Cielo que le reprocha su dureza para con la pobre chica.) ¡Vaya, chica, toma, que todos somos de Dios! (Le tira un puñado de monedas en el canasto y se va con PICKERING.)

LA FLORISTA. — (Recogiendo una pieza de media corona.) ¡Aaayyy! (Esta exclamación es una especie de hipo prolongado, que en ella es peculiar. Recogiendo varias monedas más, de plata y de cobre.) ¡Aaayyy! (Recogiendo medio "soberano".) ¡Aaaaayyyy!

FREDDY. — (Bajando de un taxi.) Por fin logré uno... ¡Hola!... (A la chica.) ¿En dónde están las dos señoras que estaban aquí antes?

LA FLORISTA. — ¿Las dos señoras? Pues se marcharon a coger un autobús en cuanto dejó de llover.

FREDDY. — ¡Y me dejaron colgado con el taxi! ¡Estoy listo, sin un cuarto en el bolsillo!

LA FLORISTA. — (Con grandeza.) No se apure por eso, señorito. A mí precisamente me hace falta el taxi para ir a casa. Usted lo pase bien. (Se sube al coche, diciendo al chófer:) Drury Lane, esquina de la tienda de aceite de Micklejohn. ¡Arrea, que habrá propi! (El taxi se aleja a todo correr.)

FREDDY. — Ahora, yo a patita a casa. ¡Me he divertido!

TELÓN

ACTO SEGUNDO

Al día siguiente, a las once de la mañana. Gabinete de trabajo de HIGGINS, en Wimpole Street. Es una habitación exterior en el primer piso, muy amplia, que normalmente debiera ser la sala. La puerta, de dos hojas, se halla al foro, y las personas que entran encuentran en el rincón a su derecha, contra la pared, dos enormes estantes formando un ángulo recto. En este rincón hay una mesa de escribir plana, en la que están colocados un fonógrafo, un laringoscopio, una serie de tubitos de órgano con un fuelle, otra de tubos de quinqué con sus válvulas de gas para producir llamas sonoras, diferentes diapasones, una figura de cartón representando la mitad de una cabeza humana en tamaño natural, mostrando en sección los órganos vocales, y una caja llena de cilindros de cera para el fonógrafo. Más adelante, del mismo lado, una chimenea con un cómodo sillón forrado de cuero junto al hogar, de espaldas a la puerta, y una carbonera al otro. Hay un reloj encima de la chimenea. Entre ésta y la mesa del fonógrafo, un velador para los periódicos.

Al otro lado de la puerta, a la izquierda del visitante, se halla un mueble de muchos cajoncitos. Encima de él penden un teléfono y una lista de abonados. Contra la pared lateral, hacia el rincón, un piano de cola: tiene un taburete delante del teclado. Sobre el piano se ve una bandeja de frutas y dulces; la mayor parte, de chocolate. El centro de la habitación está desocupado. Además del sillón de cuero, el taburete del piano y dos sillas ante la mesa del fonógrafo, hay una silla de rejilla cerca de la chimenea. De las paredes cuelgan varios grabados, en su mayoría copias de retratos. PICKERING está sentado a la mesa, ordenando unas tarjetas y un diapasón que acaba de usar. HIGGINS está en pie a su lado, cerrando unas carpetas del estante que se hallaban abiertas. Su aspecto, a la luz de la mañana, es de un hombre robusto, con buena salud, de unos cuarenta años, pulcramente vestido de color oscuro. Su interés por todas las cuestiones científicas, y sobre todo por aquellas en que se ocupa especialmente, es muy vivo y le hace olvidar muchas veces las cosas y las personas que le rodean. Su modo de ver es el de un niño impetuoso que, sin mala intención, comete travesuras. Es irónico y punzante cuando está de buen humor, y arrebatado cuando se halla ante una contrariedad; pero es francote y

17/85

no tiene pizca de malicia de modo que, aun en los momentos en que más se deja llevar por su temperamento, no es antipático.

HIGGINS. — (Cerrando la última carpeta.) Pues ya ha visto usted toda la colección.

PICKERING. — Es una cosa sorprendente. Y eso que no he examinado ni la mitad.

HIGGINS. — Siga usted, si gusta.

PICKERING. — (Levantándose y acercándose a la chimenea, delante de la cual se coloca de espaldas.) No; por esta mañana ya tengo bastante.

HIGGINS. — (Colocándose a su izquierda.) ¿Se ha cansado de escuchar sonidos?

PICKERING. — ¡Claro! Es un ejercicio muy absorbente. Yo, que estaba orgulloso por saber pronunciar veinticuatro vocales distintas, me considero vencido por las ciento treinta de usted. En muchos casos no percibo la más ligera diferencia entre ellas.

HIGGINS. — (Sonriéndole satisfecho y yendo hacia el piano a comer dulces.) ¡Oh! Eso viene con la práctica. Al principio no se percibe la diferencia entre ciertas vocales afines; pero luego, a fuerza de aguzar el oído, se las encuentra tan diferentes como la "a" y la "b".

(MISTRESS PEARCE, el ama de llaves de HIGGINS, asoma la cabeza por la puerta.) ¿Qué pasa?

MISTRESS PEARCE. — (Vacilante, evidentemente perpleja.) Ha venido una joven que desea verle a usted.

HIGGINS. — ¡Una joven! ¿Qué quiere?

MISTRESS PEARCE. — Pues dice que usted se alegrará de verla cuando se entere del objeto de su visita. Parece una muchachuela ordinaria, muy ordinaria. Yo la hubiese despedido; pero pensé que tal vez la necesitase usted para impresionar algún cilindro. Espero que no habré cometido una falta; usted me dispensará; a veces no sabe una lo que debe hacer.

HIGGINS. — No se apure, señora. Y esa joven, ¿tiene un acento interesante?

MISTRESS PEARCE. — Yo de eso no entiendo. Lo que a mí me parece es que es una... cualquiera. ¡Tiene unas expresiones!... ¡Bendito sea Dios!

HIGGINS. — (A PICKERING.) La mandaremos pasar, ¿no le parece? (A MISTRESS PEARCE.) Dígale que pase. (Va a su mesa de trabajo y coge un cilindro para colocarlo en el fonógrafo.)

MISTRESS PEARCE. — (Moviendo la cabeza.). — Allá usted. Yo me lavo las manos. (Se retira.)

HIGGINS. — Pues es una feliz casualidad. Ahora le voy a mostrar a usted cómo registro las voces. La haremos hablar y, mientras tanto, haré funcionar el aparato Bell, llamado de sonidos visibles; luego ampliaré todo en el Romie y, finalmente, lo fijaremos en el fonógrafo, de modo que podamos oír sus palabras siempre que se nos antoje.

MISTRESS PEARCE. — (Volviendo.) Aquí tiene usted a la muchacha. (La FLORISTA entra vestida de gala. Su peinado está muy cuidado. Su falda de percal, cuidadosamente remendada, está casi limpia. Lleva una blusa de color chillón, que revela a primera vista que más bien que de los talleres de alguna gran modista, procede de una prendería. Lo que más llama la atención es su sombrero de paja con tres plumas de avestruz: amarilla, azul oscura y colorada. Sus botas apenas si tienen tacón. PICKERING queda conmovido ante aquella figura, deplorablemente patética, con su inocente presunción. En cuanto a HIGGINS para quien las personas sólo tienen interés desde el punto de vista de sus estudios fonéticos, entra en materia sin más preámbulo.)

HIGGINS. — (Brusco, al reconocerla, con no disimulada desilusión.) Pero... ¡qué! ¡Si ésta es la muchacha cuya pronunciación transcribí anoche! No me sirve para nada. Con media docena de frases de su jerigonza me basta y me sobra. No quiero gastar un cilindro en ello. (A la muchacha.) No haces falta; puedes retirarte.

LA FLORISTA. — ¡No se ponga tan bufo, hombre! Un griyo sólo vale medio penique y se l'oye. Entéres'usté tan siquiera del ojezto de mi vesita. (A MISTRESS PEARCE, que se ha quedado en la puerta esperando más órdenes.) Señora, ¿l'ha dicho usté que he venío en taxi?

MISTRESS PEARCE. — No hable tonterías. ¿Qué le importa a un caballero como míster Higgins si usted ha venido en taxi o a pie?

LA FLORISTA. — ¡Anda Dios! Aquí toos a una. ¿Qué s'habrán figurao? Pues sepan ustés que s'equivocan de medio a medio. Aquí menda, tal como la ven, tie con qué pagar. De modo que al trigo, como quien dice. El señor aquí, según le oí decir anoche, da leciones de prenunciación. Pues yo quiero aprender a prenunciar correztamente, así como suena. Creo que mi dinero vale tanto como el de otros; y si no, decirlo d'una vez. Con ir a otro profesor, asunto acabao, y tan amigos como antes.

HIGGINS. — Pero ¿qué está diciendo la tonta?

LA FLORISTA. — El tonto será usted si desperdicia la ocasión. Fíjese que estoy dispuesta a pagar las leciones.

HIGGINS. — (Divertido.) Sí, ¿eh? ¡Vaya, vaya!

LA FLORISTA. — Vamos, parece que se ablanda. ¡ Aaaayyyy!

HIGGINS. — (Crispado.) ¡A esa pílfora la tiro por el balcón! (Avanza amenazador. PICKERING le retiene. La muchacha lanza gritos de terror y se refugia detrás del piano.)

LA FLORISTA. — ¡Aaaaayyyyy..., aaaaayyyyy!... No me pegue, que no he hecho nada. (Llorando.) ¡Y me ha llamado pílfora, cuando ofrezco pagar como una señora!

PICKERING. — (Acercándose al piano.) No se asuste, hija, que mi amigo no es tan fiero como parece. Hablando se entiende la gente. Vamos a ver: ¿qué es lo que desea usted?

LA FLORISTA. — (Con voz temblorosa.) Pues mire usté: yo querría entrar de vendedora en una tienda elegante de flores. Me han dicho que mi tipo no les disgustaba, pero que mi manera de hablar no era bastante fina. Como el señor se dedica a enseñar a hablar, he venido a ver si nos entendíamos.

MISTRESS PEARCE. — Pero, muchacha, ¿está usted loca? ¿Cómo va usted a pagar las lecciones?

LA FLORISTA. — ¡Nos ha amolao! Sé yo tan bien como usté lo que valen las leciones. Estoy dispuesta a pagar lo que pidan en razón. ¡Anda, chúpate ésta, Ruperta! (MISTRESS PEARCE, roja de indignación, quiere contestar; pero a HIGGINS le ha hecho gracia la cosa, lanza una carcajada franca y levanta el brazo para imponer silencio al ama; se dirige a la muchacha.)

HIGGINS. — ¿Cuánto pagarías?

LA FLORISTA. — ¡Ah, vamos! Ya sabía yo que bajaría usté los humos al ver la probabilidad de recoger algo de lo que tiró anoche. (Con confianza, bajando la voz.) Vamos, confiese: estaba algo alegre, ¿no?

HIGGINS. — (Imperioso.) Siéntate.

LA FLORISTA. — No haga usted cumplidos... Yo...

HIGGINS. — (Con voz de trueno.) Siéntate, te digo.

MISTRESS PEARCE. — Ande, muchacha; haga lo que le mandan. (Le acerca la silla de rejilla.)

LA FLORISTA. — Yo quiero irme. (Se queda en pie, medio asustada, medio reacia.)

PICKERING. — (Muy cortés.) Tome usted asiento, hija mía.

LA FLORISTA. — Gracias, caballero. (Se sienta y mira a PICKERING con gratitud.)

HIGGINS. — ¿Cómo te llamas?

LA FLORISTA. — Elisa.

HIGGINS. — Elisa, ¿qué más?

LA FLORISTA. — Pues Elisa Doolitle. (Dúctil.)

HIGGINS. — Perfectamente... Pues dime ahora: ¿cuánto piensas pagarme por lección?

ELISA. — Pues mire: yo sé por dónde ando. Una muchacha, amiga mía, tiene un profesor de francés al que paga un chelín y medio por hora. Es un francés de Francia, no se crea usté. Supongo que usté no se atreverá a exigirme lo mismo para enseñarme mi propia lengua. Yo le ofrezco un chelín, ni un penique más. Haga lo que quiera.

HIGGINS. — (Se pasea, haciendo sonar sus llaves en el bolsillo.) Sí, vamos a ver, amigo Pickering: un chelín, en comparación con los ingresos de esa muchacha, equivale a sesenta o setenta guineas pagadas por un millonario.

PICKERING. — ¿Cómo?

HIGGINS. — Pues sí, verá usted: un millonario tiene un ingreso diario de ciento cincuenta libras. Ella cobra al día media corona.

ELISA. — (Altanera.) ¿Quién le ha dicho que yo sólo...?

HIGGINS. — (Prosiguiendo.) Ella me ofrece dos quintas partes de su ingreso diario. Dos quintas partes del ingreso de un millonario vienen a ser unas sesenta libras. Es espléndido, es enorme. Es la oferta mayor que me han hecho hasta ahora.

ELISA. — (Espantada.) ¡Sesenta libras! Pero ¿qué está usté diciendo? Yo nunca le he ofrecido sesenta libras. ¿Cómo podría yo...?

HIGGINS. — Cállate, mujer, si puedes.

ELISA. — (Quejumbrosa.) Pero si no voy a poder...

MISTRESS PEARCE. — Tranquilícese, muchacha, que nadie le quitará su dinero. ¡Habrá simple!

HIGGINS. — Sí, tranquilízate y no te apures. Y cuidado con dar bien las lecciones; que si no, habrá azotes. Siéntate.

ELISA. — (Obedeciendo despacio.) ¡Aaayyy...! Ni que fuá usté mi padre.

HIGGINS. — Una vez que yo sea tu profesor, seré peor que "dos" padres.

Toma. (Le ofrece su pañuelo de seda.)

ELISA. — ¿Pa qué es eso?

HIGGINS. — Para que te seques los ojos, para que te seques cualquier parte húmeda de tu cara. No olvides, ¿eh? Este es tu pañuelo, y ésta es tu manga. No confundas una cosa con otra, si quieres llegar a ser una vendedora de categoría. (ELISA, completamente confusa, le mira con ojos extraviados.)

MISTRESS PEARCE. — No le hable usted así, míster Higgins, que no le entiende. Por lo demás, mucho cuidado (Le quita el pañuelo.)

ELISA. — (Arrebatándole el pañuelo.) Venga, ¡caray! Si me lo dio a mí.

PICKERING. — (Riendo.) Es verdad; creo, mistress Pearce, que el pañuelo le pertenece a ella.

MISTRESS PEARCE. — Bien empleado le está, míster Higgins.

PICKERING. — Hombre, se me ocurre una idea. ¿Se acuerda usted de lo que dijo de la "garden-party" de la Embajada? Le proclamaré a usted el primer profesor del mundo si lo lleva a cabo. Yo le apuesto todos los gastos del experimento y el precio de las lecciones encima.

ELISA. — ¡Oh, qué bueno es usté, mi general! Muchísimas gracias.

HIGGINS. — (Mirándole, pensativo.) ¡Menuda faena! Si no fuera por el amor propio que pongo en estas cosas... Hay que ver sus modales y su facha. Pero no importa. Lograré mi empeño. Haré una duquesa de esa criatura sacada del arroyo.

ELISA. — ¡Aaaaayyyyy...! Del arroyo ha dicho, cuando precisamente en donde me paso yo la vida es en las aceras.

HIGGINS. — (Entusiasmándose con la idea.) Sí, dentro de seis meses, dentro de tres, si tiene buen oído y lengua suelta, la presento en la buena sociedad y doy el timo. Mistress Pearce, llévesela y límpiela. No ahorre el jabón. ¿Hay buena lumbre en la cocina?

MISTRESS PEARCE. — (Protestando.) Sí, pero...

HIGGINS. — (Con el tono de quien no tolera objeciones.) Nada de peros. Quítele todo lo que lleva encima y quémelo. Mande usted al criado o al portero por ropas nuevas, y mientras tanto, envuélvala, aunque sea en papel de estraza.

ELISA. — No sé lo que usté querrá hacer conmigo. Yo soy una muchacha honrá, ¿entiende?

HIGGINS. — No necesitamos aquí tus remilgos de la calle de Lisson Grove, chicuela. Tienes que aprender a comportarte como una duquesa.

Llévesela, mistress Pearce, y si le da guerra, dele usted azotes.

ELISA. — (Levantándose precipitadamente y corriendo a colocarse entre PICKERING y MISTRESS PEARCE, como buscando protección.) A mí no me martiricen, que llamo a los guardias.

MISTRESS PEARCE. — ¡Pero si no tengo sitio para ella!

HIGGINS. — Métala usted en la carbonera.

ELISA. — ¡Aaaaayyyyy...!

PICKERING. — Oiga usted, Higgins.

MISTRESS PEARCE. — Reflexione, señor. Estas cosas no traen nada bueno. (HIGGINS se serena. Una racha de buen humor sucede a su excitación anterior.)

HIGGINS. — (Con calma y dulzura.) Tranquilícense ustedes. Mis intenciones son las mejores del mundo. Quiero tratarla con todos los miramientos posibles. Cuento con la colaboración de usted para moldearla y adaptarla a su nueva posición. (ELISA, tranquilizada, vuelve a ocupar su silla.)

MISTRESS PEARCE. — ¡Qué cosas tiene el señor! No tiene una más remedio que bajar la cabeza. ¡Dios quiera que la empresa le salga bien!

PICKERING. — Claro que el caso ofrece sus dificultades.

HIGGINS. — Pero ¿qué quieren ustedes decir?

MISTRESS PEARCE. — Pues que no puede usted recoger así a una muchacha, como recogería una piedra en la calle.

HIGGINS. — ¿Por qué no?

MISTRESS PEARCE. — ¿Por qué no? Pues porque no sabe usted quién es ella. Tendrá padres. Tal vez esté casada.

ELISA. — ¡Aaaaayyyyy...!

HIGGINS. — ¡Casada! ¡Vamos! ¿No sabe usted que las mujeres de su clase, al año de casadas están ajadas como bestias que tiran de un carro?

ELISA. — ¿Quién s'había de casar conmigo?

HIGGINS. — (Volviendo a su tono amable.) Ten por seguro, ¡oh Elisa!, que antes que salgasde mis manos, las calles de Londres resultarán estrechas para la muchedumbre de hombres que se morirán por tus pedazos.

MISTRESS PEARCE. — Señor, no le llene la cabeza de viento a la chica.

ELISA. — (Levantándose y cuadrándose con decisión.) Yo salgo de aquí ahora mismo. Este señor está guillado. No quiero de profesor a un loco.

HIGGINS. — (Ofendido por el poco aprecio que se hace de su elocuencia.) ¡Vaya, renuncio! Mistress Pearce, no hace falta mandar por ropa para ella. Que se vaya con viento fresco

ELISA. — (Quejumbrosa.) Yo quería decir...

MISTRESS PEARCE. — Ya ve usted lo que resulta de ser deslenguada. (Indicándole la puerta.) Por aquí se sale, muchacha.

ELISA. — Yo no necesito ropa de naide. Puedo comprarme lo que me hace falta. (Tira el pañuelo.)

HIGGINS. — (Recogiendo al vuelo el pañuelo y cortándole el paso.) Eres una desgraciada. Así me pagas por haberte ofrecido sacarte del arroyo y regalarte hermosos vestidos y hacer de ti una señora.

MISTRESS PEARCE. — Déjela, señor; que vaya a casa de sus padres y les diga que la eduquen mejor.

ELISA. — No tengo padres. En la casa donde me criaron me dijeron que ya tenía bastante edad para ganarme la vida, y me echaron a la calle.

MISTRESS PEARCE. ¿Dónde está su madre?

ELISA. — No la he conocido. La que me echó a la calle era mi tercera madrastra. Pero a mí, ¡plin! Yo me las arreglo sin ellos.

HIGGINS. — Pero, entonces, ¿qué están ustedes diciendo? La chica no depende de nadie. A mí me sirve para mis experimentos, pues me quedo con ella. Mistress Pearce, lo dicho: llévesela y aséela.

MISTRESS PEARCE. — Pero, señor, ¿en qué calidad se va a quedar aquí? Habrá que señalarle un salario. Las cosas no se hacen así.

HIGGINS. — Bueno; páguele lo que le parezca a usted; tómelo del dinero de la compra. (Impaciente.) ¿Para qué demonios querrá dinero, si aquí ha de tener todo lo que necesita: comida, cama y ropa? Los cuartos no han de ser más que para vicios.

ELISA. — Pero ¿qué s'ha figurao usté? ¿Que soy alguna golfa borracha? Pues, hijo, es lo que faltaba. (Vuelve a su silla y se sienta con aire altanero.)

PICKERING. — (Reprendiéndole con suavidad.) Oiga, Higgins: ¿no se da cuenta de que también la muchacha tiene sentimientos?

HIGGINS. — (Mirándola con aire crítico.) Me parece que no tenemos que preocuparnos. (De buen humor.) ¿Verdad, Elisa?

ELISA. — Creo que mis sentimientos se merecen tanta consideración como los de cualquiera.

HIGGINS. — (Reflexivo, a PICKERING.) Ahí está la dificultad.

PICKERING. — ¿Cómo? ¿Qué dificultad?

HIGGINS. — Hacerla hablar gramaticalmente; la pronunciación es bastante buena.

ELISA. — Yo no quiero hablar gramaticalmente. Quiero hablar como las señoras.

MISTRESS PEARCE. — No nos apartemos de lo que importa. Yo deseo saber en calidad de qué ha de estar aquí la muchacha. ¿Ha de cobrar algún salario? ¿Qué ha de ser de ella después que acabe su enseñanza?

HIGGINS. — (Impaciente.) Dígame usted, mistress Pearce: ¿qué ha de ser de ella si la dejo en el arroyo?

MISTRESS PEARCE. — Este es asunto de ella, señor, no de usted.

HIGGINS. — Pues cuando yo acabe con ella, puede volver al arroyo, y ello es de su incumbencia y en paz.

ELISA. — Usté no tiene corazón. Sólo piensa en sus negocios, y a los demás que los parta un rayo. (Se levanta resueltamente, dirigiéndose a la salida.) Yo estoy ya harta de todo esto. Vaya, ustés lo pasen bien.

HIGGINS. — (Cogiendo, con una sonrisa maliciosa, unos bombones de chocolate de la bandeja.) Toma, Elisa, unos bombones.

ELISA. — (Deteniéndose, tentada.) ¿Y qué sé yo lo que habrá dentro? Algún fieltro envenenado, como dicen en el "Tenorio". De menos nos hizo Dios. (HIGGINS saca su cortaplumas, corta un bombón en dos, se mete una mitad en la boca, lo mastica, y le ofrece la otra mitad.)

HIGGINS. — ¿Ves? Aquí no hay trampa ni engaño. Mejor prueba de mi buena fe... (Ella abre la boca, para replicar; él le mete el medio bombón entre los labios.) No seas tonta. Tendrás montones de dulces si quieres, podrás atracarte de ellos todos los días.

ELISA. — No me gusta despreciar. (Masticando con visible satisfacción.) ¡Gachó, qué rico!

HIGGINS. — Escucha, Elisa: ¿no has dicho que has venido en taxi?

ELISA. — Pues sí, ¿y qué? ¿No tengo yo derecho a tomar un taxi como cualquiera?

HIGGINS. — ¿Quién lo duda, mujer? Mira: de aquí en adelante tendrás tantos taxis como gustes. No darás un paso por Londres si no es en taxi. ¿Qué te parece?

MISTRESS PEARCE. — Señor, no enloquezca a la chica. Luego, al freír será el reír. En lo que debe ella pensar es en el porvenir.

HIGGINS. — ¡A su edad! ¡Vamos! Tiempo hay para pensar en el porvenir..., cuando ya ha pasado. No seas tonta, Elisa. Haz lo que esta señora: piensa en el porvenir de los demás, nunca en el tuyo. Piensa en el presente, en bombones de chocolate, en taxis, en vestidos y alhajas.

ELISA. — Pues no, yo no pienso en vestidos y alhajas. Soy una muchacha honrá. (Se sienta con aire de dignidad.)

HIGGINS. — Y seguirás siéndolo, Elisa, bajo el maternal cuidado de mistress Pearce, mi digna ama de llaves. Y más adelante serás la virtuosa esposa de un oficial de la Guardia, con unos hermosos bigotes, el hijo de un marqués, al que su padre desheredará por haberse casado contigo, pero luego se humanizará al ver tu hermosura y tu gracia...

PICKERING. — Dispense, Higgins; esto pasa de la raya. Doy la razón a mistress Pearce. Si esta muchacha ha de estar en manos de usted para un experimento de seis meses, es preciso que sepa exactamente lo que ha de hacer.

HIGGINS. — Pero si es imposible, hombre. ¿Hay alguien de nosotros que sepa lo que hace? Si lo supiéramos, ¿lo haríamos?

PICKERING. — Eso será muy agudo; pero, francamente, no es de buen sentido. (A ELISA.) Oiga usted, Elisa.

ELISA. — Usté dirá.

HIGGINS. — Déjese usted de quijotismos, Pickering; con cierta clase de personas, cuantas menos complicaciones, mejor. ¡Caramba! Como militar ya podía usted saberlo. Que sepa lo que exijo, y punto concluido. Fíjate, Elisa: has de vivir aquí durante seis meses; aprenderás a hablar correctamente para luego poder ser vendedora en una tienda elegante de flores. Si te portas bien y haces lo que te mando, tendrás un bonito dormitorio, comerás opíparamente y dispondrás de dinero abundante para comprarte dulces y pasearte en taxi. Si eres holgazana y reacia, dormirás en la despensa y te darán de palos. Al cabo de seis meses irás en automóvil de lujo a palacio, vestida a la última moda y adornada con muchas alhajas. Si el rey descubre que no eres una señora de verdad, mandará apresarte y bajarte a una cueva, donde serás decapitada, ¿entiendes?, donde te cortarán la cabeza, como escarmiento de floristas presumidas. Si, por el contrario, no descubren tu verdadera condición; en una palabra, si das el timo, tendrás un regalo de siete libras y seis peniques para que los gastes en lo que más te guste. (A PICKERING.) Qué, ¿está usted satisfecho ahora? (A MISTRESS PEARCE.) Vamos, señora, ¿es esto hablar como se debe?

MISTRESS PEARCE. — (Con paciencia.) Está bien; pero creo que lo mejor será que me deje usted hablar a solas con la muchacha. Yo no sé si podré admitirla aquí. No dudo de que las intenciones de ustedes sean buenas; pero todos podemos incurrir en grandes responsabilidades. Usted nunca repara en pelillos cuando se encariña con alguna idea. En fin, bueno... Venga conmigo, Elisa.

HIGGINS. — Muy bien. Ande usted y llévela al cuarto de baño.

ELISA. — Yo, ¿pa qué voy a ir al cuarto de baño? Ya estoy yo escamá hasta las cachas. ¿Qué s'han figurao? A mí nadie me da de palos. ¿Qué tengo yo que hacer en Palacio? ¿Qué falta me hace a mí jugarme la cabeza?

MISTRESS PEARCE. — Muchacha, no sea tonta. Venga conmigo, que le explicaré todo. (Va hacia la puerta y la abre.)

ELISA. — Como usted quiera; pero a mí no me la dan, coste... ¡Pa chasco! (Vase. MISTRESS PEARCE cierra la puerta y las quejas de ELISA ya no se oyen. PICKERING va de la chimenea a la silla y se sienta en ella a horcajadas, apoyando los brazos cruzados en el respaldo.)

PICKERING. — Dispense usted la pregunta, Higgins: ¿qué opinión tiene usted de las mujeres?

HIGGINS. — Bastante mediana, si he de decir la verdad.

PICKERING. — Hombre, explíquese.

HIGGINS. — (Sentándose en el taburete del piano.) Pues mire: siempre he visto que en trabando amistad con una mujer, ésta se vuelve celosa, envidiosa, exigente, desconfiada y cargante por todos los estilos. Si me enamoro de ella, entonces todavía peor: se hace tiránica y egoísta. Las mujeres no valen más que para trastornarlo todo. Si permitimos que se inmiscuyan en nuestra vida, nos encontramos con que ellas tiran por un lado y nosotros por el otro.

PICKERING. — No comprendo.

HIGGINS. — (Violento, levantándose y andando con intranquilidad.) Pues es bien sencillo. Sucede que cada uno tiene sus gustos y que éstos son incompatibles con los del otro, y cada uno trata de imponer al otro los suyos. El uno quiere ir en dirección Norte y el otro en dirección Sur, y el resultado es que ambos tienen que ir en dirección Este, aunque ambos aborrezcan el viento de Levante. (Vuelve a sentarse en el taburete.) Así, pues, me ve usted hecho un solterón y así he de morir.

PICKERING. — (Levantándose y acercándose con aire serio.) Vamos,

Higgins. Usted sabe lo que quiero decir. No tergiversemos. Si he de ser copartícipe en este asunto, tengo que poner los puntos sobre las íes. Me cabe cierta responsabilidad en cuanto a la chica. Espero que por ningún estilo habrá de abusarse de ella.

HIGGINS. — Pero, ¡hombre!, con qué sale usted ahora. Para mí ha de ser sagrada. (Levantándose.) Ella será mi discípula, nada más, y ya sabe usted que no se puede enseñar no respetando escrupulosamente a los discípulos. Estoy bien fogueado, descuide usted. He dado lecciones a docenas de millonarias americanas, entre ellas mujeres de soberana hermosura; pues, para mí, como si hubiesen sido zoquetes de madera. Yo mismo soy un zoquete.

PICKERING. — No exagere usted, amigo mío. Ya sabe usted que no hay peor cuña que la de la misma madera. Cuando los zoquetes son hombres y mujeres, pueden encenderse y echar llamas... por el simple roce.

HIGGINS. — No soy ningún muchacho. No olvide, Pickering, que tengo mis cuarenta años bien cumplidos.

PICKERING. — No importa, no importa. Quedemos en nuestro símil. Antes arde la leña seca que la verde, y la yesca, tan inflamable, se cría en los troncos añejos...

HIGGINS. — (Riéndose.) ¡Qué adulador es usted, amigo Pickering! (La entrada de MISTRESS PEARCE interrumpe el coloquio. El ama lleva en la mano el sombrero de ELISA. PICKERING se retira al sillón de cuero cerca de la chimenea y dice a MISTRESS PEARCE:) ¿Ya se arregló aquello?

MISTRESS PEARCE. — Sí, señor. Ha tomado su baño, aunque con algún trabajo. Porque estaba demasiado caliente el agua, emitió algunas interjecciones que no eran de las más correctas.

HIGGINS. — (Al reparar en que MISTRESS PEARCE trae entre las manos el sombrero de ELISA.) Pero ¿qué es eso? ¡Su famoso sombrero!

MISTRESS PEARCE. — Sí, señor; me suplicó que no lo quemara con el resto de la ropa.

HIGGINS. — (Se lo quita de las manos.) Bueno; lo guardaremos como recuerdo.

MISTRESS PEARCE. — Ande usted con cuidado. No lo quemaré, pero bueno será meterlo un rato en el horno. ¿Quién sabe...?

HIGGINS. — (Lo pone precipitadamente sobre el piano.) ¡Ah, bueno! ¿Qué más?

MISTRESS PEARCE. — Pues nada: me he permitido hacerle algunas advertencias, no solamente respecto a sus modales, sus expresiones, ademanes y aseo personal, sino también en cuanto al orden y método de la vida diaria. Le he dicho que procure dejar todas las cosas en el sitio que les corresponde y no tirarlas en cualquier lado.

HIGGINS. — Ha hecho usted perfectamente. Ya sé, mistress Pearce, que es usted un ama de llaves incomparable. Bajo la dirección de usted, Elisa aprenderá seguramente a ser hacendosa y amante del orden.

MISTRESS PEARCE. — Agradezco mucho el inmerecido elogio, pero permítame una observación de carácter personal.

HIGGINS. — Hable usted.

PICKERING. — Si el asunto es reservado, puedo retirarme al gabinete.

HIGGINS. — No haga usted caso. Lo que hablamos mi excelente ama de llaves y yo puede decirse delante de todo el mundo. Desembuche, querida mistress Pearce.

MISTRESS PEARCE. — Pues, como tengo entendido que de más efecto es el ejemplo que el predicar, creo, míster Higgins, y no me lo tome a mal, que usted, a su vez, debiera procurar tener un poco más de orden y de compostura. Así, por ejemplo, perdone la franqueza, cuando viene usted de la calle, debiera quitarse la levita y no echarse con ella a dormir la siesta; no debiera comer todo en el mismo plato, como a veces hace. Acuérdese de que ayer, sin ir más lejos, se encontró una cabeza de sardina en la mermelada, porque no había cambiado el plato.

HIGGINS. — ¡Hombre! A veces estoy distraído, pero no es costumbre. (Brusco.) A propósito: ¿cómo es eso que mi levita huele tanto a bencina?

MISTRESS PEARCE. — Es natural; he tenido que limpiarla. Como tiene usted la costumbre, cuando se mancha los dedos, de restregarlos en sus mangas...

HIGGINS. — (Gritando.) Bueno, bueno; de aquí en adelante me los pasaré por el pelo.

MISTRESS PEARCE. — Señor, no quisiera haberle ofendido. Perdone.

HIGGINS. — (Conciliador.) Nada, nada. Después de todo, tiene usted mucha razón. Para que la chica no se abandone, voy a tener más cuidado conmigo mismo. ¿Es esto lo que usted quiere decir?

MISTRESS PEARCE. — Sí, señor. Además, tengo que hacerle una pregunta.

HIGGINS. — Hable, y a ver si terminamos de una vez.

MISTRESS PEARCE. — Quería preguntarle si le podía poner a la chica uno de aquellos trajes japoneses que trajo usted el año pasado de París. No puedo ponerle la ropa que tenía...

HIGGINS. — Claro, ya le dije que había que quemarlos. Vístala de japonesa. ¿Nada más?

MISTRESS PEARCE. — Nada más. Con su permiso me retiro. (Vase.)

HIGGINS. — Es una excelente mujer esa mistress Pearce. Pero tiene un concepto muy raro de mí. Yo, en realidad, soy un hombre tímido, débil, bonachón. Nunca he podido ser enérgico, exigente y tiránico como otros. Y sin embargo, ella está persuadida de que soy un ogro que me como crudos a los niños. (MISTRESS PEARCE vuelve.)

MISTRESS PEARCE. — ¡Ay señor! Ya empieza el jaleo. Ahí fuera hay un hombre de bastante mal aspecto, que acaba de llamar. Dice que es el padre de la muchacha que tienen aquí secuestrada.

PICKERING. — ¡Anda, anda; ya decía yo!

HIGGINS. — (Vivamente.) Mande pasar a ese sujeto.

MISTRESS PEARCE. — Está bien, señor. (Sale.)

PICKERING. — A ver si nos da un disgusto.

HIGGINS. — No tenga usted cuidado. Si se desboca, el disgusto se lo daré yo a él. Ya verá usted cómo oiremos algo interesante.

PICKERING. — ¿Acerca de la chica?

HIGGINS. — No; me refiero al lenguaje típico.

PICKERING. — ¡Ya!

MISTRESS PEARCE. — (Abriendo la puerta.) Pase usted. (Se retira. Hace su entrada solemne ALFREDO DOOLITLE. Es un trapero o basurero de cierta edad, pero vigoroso y sano, algo canoso. Sus rasgos fisonómicos son enérgicos e interesantes, y parece tan libre de escrúpulos como de remordimientos. Tiene una voz muy expresiva, como quien está acostumbrado a la vida al aire libre y a expresarse sin reservas. Su traje corresponde a su condición social. Su actitud presente es la del honor perdido y resolución enérgica.)

DOOLITLE. — (En la puerta, dudando de quién de los dos caballeros es el dueño de la casa.) ¿El profesor Higgins?

HIGGINS. — Soy yo. ¿Qué desea usted?

DOOLITLE. — Buenos días, señores. Vengo por un asunto muy serio.

HIGGINS. — (Señalándole una silla.) Siéntese.

DOOLITLE. — Con su permiso. (Se sienta con alguna vacilación.)

HIGGINS. — (A PICKERING.) Se ha criado en Hounslow. La madre debió de ser del País de Gales. (DOOLITLE abre la boca atónito. A DOOLITLE.) Usted dirá qué es lo que quiere.

DOOLITLE. — Pues quiero a mi hija.

HIGGINS. — Muy natural en un padre. Veo con gusto que no ha perdido usted el sentido de

la familia. Pues nada, no se apure. En seguida su hija estará aquí y se la podrá usted llevar.

DOOLITLE. — (Como asustado.) ¿Qué es lo que dice?

HIGGINS. — Que se la lleve usted. No querrá usted que me la guarde yo, supongo.

DOOLITLE. — Hombre, vamos, sea usted razonable. No debe usted ponerse así. Las cosas, claras. La chica me pertenece a mí. Usted se la llevó. ¿Qué voy yo ganando?

HIGGINS. — Sí, hombre; las cosas, claras. Su hija tuvo la osadía de presentarse en mi casa con la pretensión de que yo le enseñe a hablar correctamente para que se pueda colocar en una tienda de flores. Este caballero (Señalando a PICKERING.) y mi ama de llaves lo han presenciado todo. (Gritándole.) ¿A qué viene usted ahora aquí? Usted la ha mandado a propósito para hacerme un chantaje; pero le va a salir el tiro por la culata.

DOOLITLE. — Pues déjeme usted explicarme...

HIGGINS. — La Policía se encargará de aclarar el asunto. Esto ha sido un plan para sacarme dinero con amenazas. Voy a telefonear a la Comisaría. (Va resuelto hacia el teléfono y descuelga el aparato.)

DOOLITLE. — Pero, señor, ¿le he pedido yo ni un penique? Caballero (A PICKERING.), usted es testigo: ¿he hablado yo de dinero?

HIGGINS. — (Volviendo a colgar el auricular.) A ver; pues: ¿a qué ha venido usted?

DOOLITLE. — Ya lo puede usted suponer. A lo que está uno. Yo no amenazo, ni exijo, ni pido; lo dejo a su voluntad. ¿Puedo decir más?

HIGGINS. — Ante todo, dígame, sin más rodeos, cómo ha sabido que la chica estaba aquí.

DOOLITLE. — Bien sencillo. La chica tomó un taxi y convidó a un rapaz, vendedor de periódicos, a que la acompañara. Es el hijo de la portera en cuya casa vive. Al saber que usted quería que se quedase aquí, bajó y le dijo al chico que fuera por su equipaje. Yo me lo encontré, por casualidad, en la esquina de la calle de Long Acre y la de Endell.

HIGGINS. — En una taberna, claro.

DOOLITLE. — La taberna, caballero, es el club del pobre.

PICKERING. — Déjele acabar, Higgins.

DOOLITLE. — Pues bien: llamé al chico y me lo contó todo. Comprenderá usted mi dignidad y mi deber de padre. Le dije al chico: "Tráeme el equipaje aquí."

HIGGINS. — ¿Por qué no fue usted mismo por él?

DOOLITLE. — ¡Anda!... ¿Usted cree que la portera me lo hubiera entregado a mí? Las mujeres son muy desconfiadas en general; pero las porteras lo son en particular. Bastante trabajo, y, además, dos peniques, me costó para que el panoli del chico me lo dejara. Pues ahora traigo el equipaje, para que vea usted que soy servicial. Eso es todo.

HIGGINS. — ¿Y en qué consiste ese equipaje?

DOOLITLE. — Pues en una guitarra, cinco postales ilustradas, un medallón, una cadena de plata y una jaula con un pájaro. Dijo que no necesitaba ropa. ¿Qué es lo que yo debo pensar de esto, caballero? Póngase usted en mi lugar como padre.

HIGGINS. ¿De modo que ha venido usted para salvarla de la ignominia?

DOOLITLE. — (Inclinando afirmativamente la cabeza y aliviado al verse tan bien comprendido.) Justo, justo, usted lo ha dicho.

HIGGINS. — Pero dígame: ¿por qué ha traído usted su equipaje, si piensa llevársela?

DOOLITLE. — Pero ¿he dicho yo que voy a llevármela? Ni por pienso.

HIGGINS. — Se la va usted a llevar ahora mismo, y de cabeza. Acabemos de una vez. (Va hacia el botón del timbre y lo oprime.)

DOOLITLE. — Caballero, óigame una palabra. No tome las cosas así. Hágase cargo. No soy yo hombre para ser obstáculo a que mi hija haga carrera. ¡Dios me guarde! (MISTRESS PEARCE viene a tomar órdenes.)

HIGGINS. — Mire, señora: aquí está el padre de Elisa, que viene a llevársela. Entréguele, pues, la chica, y en paz. (Va hacia el piano, como quien considera terminado el asunto.)

DOOLITLE. — Permítame, caballero, que aquí hay una mala inteligencia. Me habré expresado mal.

MISTRESS PEARCE. — ¿Cómo entregarle ahora la chica, cuando acabo de quemar sus ropas?

DOOLITLE. — Pues claro. ¿Querrá usted que me la lleve en cueros vivos?

HIGGINS. — Usted ha venido aquí diciendo que quería a su hija. Llévesela, pues. Si no tiene ropas, cómpreselas.

DOOLITLE. — (Desesperado.) ¿Dónde están las ropas con que entró? ¿Las he quemado yo o las ha quemado aquí, su señora?

MISTRESS PEARCE. — Soy el ama de llaves de míster Higgins. Por lo demás, no se apure. He mandado comprar ropa nueva para su hija. En cuanto llegue, podrá usted llevársela. Mientras tanto, puede usted esperar en la cocina. (DOOLITLE, muy contrariado, se dirige a la puerta. Vacila; luego, en tono de confianza, se vuelve hacia HIGGINS.)

DOOLITLE. — Oiga usted, caballero: usted y yo somos hombres de mundo. Hablemos como es debido, de hombre a hombre.

HIGGINS. — ¡Ah, bueno! Mistress Pearce, déjenos solos un momento.

MISTRESS PEARCE. — Perfectamente. (Sale digna y majestuosamente.)

PICKERING. — Tiene usted la palabra, señor Doolitle.

DOOLITLE. — Gracias, caballero. (Dirigiéndose a HIGGINS, que se retira a sentarse en el taburete del piano.) La verdad es ésta, caballero: usted, desde la primera vista, me ha sido simpático. Hablando se entiende la gente. Mire, yo no soy intransigente y tirano, como muchos. Por las buenas se hace de mí lo que se quiere. Quedando en salvo mi dignidad, yo no tengo inconveniente en llegar a un arreglo. La chica, como usted sabe perfectamente, es guapita, y, como tal, tiene sus méritos. Como hija, en cambio, no vale nada, y no tengo inconveniente en confesarlo sin rodeos. Lo único que yo reclamo son mis derechos de padre, pues no supongo que considere usted justo que yo se la deje de balde. Es usted demasiado caballero para eso. Para usted, ¿qué es un billete de cinco libras? Y para mí, ¿qué es Elisa? (Vuelve a su silla y se sienta como un juez que ha pronunciado un fallo.)

PICKERING. — Debe usted saber, Doolitle, que las intenciones de míster Higgins son absolutamente honestas.

DOOLITLE. — Naturalmente; si no lo creyese yo así, pediría por lo menos cincuenta libras.

HIGGINS. — (Indignado.) ¿Quiere usted decir con eso, infame, granuja, que vendería a su hija por cincuenta libras?

DOOLITLE. — Por complacer a un caballero como usted, soy capaz de cualquier cosa, tenga la seguridad.

PICKERING. — Pero, hombre, usted no tiene moralidad.

DOOLITLE. — ¡Ay caballero, mis medios no me lo permiten! Tampoco tendría usted moralidad si fuese tan pobre como yo. Y no es que yo tenga malas intenciones; pero vamos a ver: si a Elisa le ha tocado un premio gordo, ¿no es justo que tenga yo una pequeña participación?

HIGGINS. — (Confuso.) No sé qué hacer, amigo Pickering. Es indudable que, desde el punto de vista de la moral, es un crimen darle a este hombre un penique. Pero, por otro lado, tampoco se puede negar que su petición encierra cierta justicia brutal.

DOOLITLE. — Diga usted que sí. Tenga usted en cuenta lo que es un padre. Díganme, caballeros, ¿qué soy yo? Un pobre que no tiene la culpa de ser pobre. Esto supone un conflicto continuo con la moralidad de la clase media. Si hay algo en que disfrutar y yo trato de disfrutarlo, todos me quieren negar el derecho a ello. Pero mis necesidades son, por lo menos, tan grandes como las de cualquier favorito y recomendado de los establecimientos de Beneficencia. Necesito comer tanto como él y beber aún algo más. Necesito diversiones, porque soy un hombre pensante. Me hacen falta expansiones: su miaja de baile, su miaja de canto, cuando estoy de buen humor. Pues bien: me piden por cualquier cosa lo mismo que a los otros. No me regalan nada. ¿Y cuál es la moralidad de la clase pudiente? Escudarse en esta moralidad para negármelo todo, para no darme nada. Por eso les suplico a ustedes, caballeros, que no sigan conmigo el mismo sistema. No quieran ustedes quitar a un padre el fruto de su trabajo, amparándose en hipócritas principios de moralidad. Ustedes no saben, claro está, lo que es criar a una hija, darle de comer casi a diario, vestirla desde la cuna hasta que ya se puede ella ganar la vida. Díganlo ustedes mismos. Cinco libras es una ganga. Lo dejo a su criterio.

HIGGINS. — (Levantándose y acercándose a PICKERING.) Pickering, si nos empeñáramos en darle lecciones a este hombre durante tres meses, podría ocupar un sitio en el Parlamento o distinguirse como predicador.

PICKERING. — ¿Qué opina usted de esto, Doolitle?

DOOLITLE. — ¡Quiten ustedes! He oído muchos discursos parlamentarios y muchos sermones. Ya lo dije: soy un hombre pensante y me gustan los discursos sobre la política, la religión y las reformas sociales, así como cualquier otra diversión; pero no vale la pena de que yo me moleste en hacer un papel activo. La vida es corta y hay que aprovecharla.

HIGGINS. — Creo que se le puede dar el billete para acabar. (Mirando a PICKERING y sacando la cartera.)

PICKERING. — Me temo que haga mal uso de ese dinero.

DOOLITLE. — Dios me guarde, caballero. Mal me conoce usted. No tenga el más pequeño cuidado: no lo guardaré, no lo economizaré, no lo sustraeré a la circulación. El lunes próximo no quedará ni un penique en mi poder. El lunes tendré que ir al trabajo, como si nunca hubiese tenido tal billete. No me servirá para entregarme a la holgazanería, pierda cuidado. Una juerga en grande el domingo para mí y la parienta, y "pax Christi"...

HIGGINS. — Me ha convencido usted. Tanto, que en vez de cinco libras le voy a dar diez. (Le ofrece dos billetes.)

DOOLITLE. — Por Dios, no. En serio. Mi socia no tendría el alma de gastarse en un día diez libras, y tal vez yo tampoco. Es mucho dinero. Una suma así, ya le inspira a uno ideas formales, ideas de ahorro, de no gastar, y entonces, ¡adiós alegrías, adiós felicidad! Nada, caballero, me da usted lo que he pedido; ni un penique más ni un penique menos.

HIGGINS. — Bien, hombre; por eso no hemos de reñir. Pero dígame usted: ¿por qué no se casa con su compañera?

DOOLITLE. — ¡Ah! Sí, dígaselo a ella. Por mí, no habría inconveniente. No estamos más que amontonados, como quien dice. Y de ahí vienen todos mis sufrimientos. No tengo autoridad sobre ella. Tengo que mantenerla, tengo que vestirla, tengo que llevarla a diversiones y ser su esclavo, todo porque no soy su marido legal. Ella bien lo sabe. Así es que ni a tiros se casa conmigo. ¡Que te quiero, morena!... Usted, caballero, siga mi consejo: cásese con Elisa mientras es joven y no cae en la cuenta. Si no lo hace así, luego le pesará a usted. Créame, he visto mucho...

HIGGINS. — Pickering, si seguimos escuchando a ese hombre, va a acabar con todas nuestras convicciones. (A DOOLITLE.) ¿Cinco libras ha dicho usted?

DOOLITLE. — Cabal. Yo no tengo más que una palabra.

HIGGINS. — ¿Está usted seguro de que no aceptaría diez?

DOOLITLE. — Ahora, no. Más tarde, ¡quién sabe!

HIGGINS. — (Entregándole un billete de cinco libras.) Pues ahí tiene usted.

DOOLITLE. — Muchísimas gracias. Ustedes lo pasen bien, caballeros. (Se precipita hacia la puerta, ansioso de escaparse con su botín. Al abrir tropieza con una señorita japonesa lindísima y guapa, vistiendo un quimono de seda azul con flores blancas de jazmín. Detrás de ella viene MISTRESS PEARCE. Él se aparta respetuosamente y murmura excusas.) Dispense, señorita.

LA JAPONESA. — ¡Anda la mar, mi padre!

DOOLITLE, HIGGINS, PICKERING. — (Exclamación simultánea.) ¿Es posible? ¡Elisa! ¿Qué es esto? ¡Hola!

ELISA. — Estoy hecha una facha, ¿verdad?

HIGGINS. — ¿Una facha?

MISTRESS PEARCE. — Míster Higgins, cuidado, no diga cosas que la hagan presumida a la chica.

HIGGINS. — (Concienzudo.) Tiene usted razón, mistress Pearce. (A ELISA.) Estás hecha una facha.

ELISA. — Si me pusiera el sombrero, estaría mejor. (Recoge su sombrero, se lo pone y atraviesa la habitación con aire de presunción.)

HIGGINS. — ¡Caramba, una nueva moda! Y el caso es que no le sienta mal.

DOOLITLE. — (Con orgullo paterno.) Está preciosa la condenada. Parece mentira lo que hace la limpieza.

ELISA. — Es fácil tener limpieza así. Hay agua caliente y fría a discreción, y toallas afelpadas, y cepillos, y esponjas, y agua de Colonia, y jabón líquido, que echa espuma como la cerveza. Ahora comprendo cómo las señoras ricas van tan limpias. Para ellas, el lavarse es un placer. Ya verían si tuvieran que lavarse como una.

HIGGINS. — Me alegro que te haya gustado el cuarto de baño.

ELISA. — Pues no m'ha gustao del todo, lo digo como lo pienso.

HIGGINS. — Pues ¿por qué?

ELISA. — Porque a mí no me parece decente eso. Menos mal que lo he tapado con una toalla.

HIGGINS. — (Volviéndose hacia MISTRESS PEARCE.) Pero ¿a qué se refiere?

MISTRESS PEARCE. — (Sonriendo.) Al espejo.

HIGGINS. — ¡Vamos! Oiga usted, Doolitle: a esta niña la ha criado usted con ideas algo ñoñas.

DOOLITLE. — ¡Yo! Si no la he criado de ningún modo. De cuando en cuando, algún lapo, y pare usted de contar. A mí no me echen la culpa de nada. Ella es como Dios la hizo. Ahora le diré: la falta de costumbre es la causa. Pero ya verá usted qué pronto se acostumbra a todo.

ELISA. — No diga usté eso. Yo no quiero acostumbrarme a na... Yo soy una chica honrá...

HIGGINS. — Elisa, si vuelves a decir que eres una chica honrada, tu padre te va a llevar a su casa.

ELISA. — Si, me paece. ¡Qué mal le conoce! Él, a lo que ha venido, como si lo viera…, le conozco como si le hubiera parido…, es a ver si aquí sacaba algo para luego correrla. Si usté l'ha dao algo, ¡menuda cogorza la que se prepara!…

DOOLITLE. — Creo que nada más natural. ¿Para qué quería yo los cuartos, si no? No, que iba a echarlos al cepillo de la iglesia. ¡Qué cosas se oyen!

ELISA. — ¡Miau! (Le saca la lengua para burlarse.)

PICKERING. — (Temiendo algún exceso, se interpone entre ambos.) Vamos, Elisa, es su padre.

DOOLITLE. — Oye, tú, no seas desvergonzada. Conmigo te va a salir mal. Y que no sepa yo que hayas faltado a estos caballeros, ¿eh?, porque entonces sí que sabrás quién soy yo.

HIGGINS. — Bien, bien; ¿tiene usted algún consejo más que darle a su hija?

DOOLITLE. — Yo, nada. Allá ella. Usted verá cómo se las maneja. Ahora, si quiere usted hacerme caso, no la permita que se le suba a la parra. La ve usted reacia, pues un cachete sin duelo. (Hace con la mano el ademán de azotar.) Y no digo más, señores; pasarlo bien. (Se retira.)

HIGGINS. — ¡Eh! Oiga. Puede usted venir con regularidad a visitar a su hija. Es natural. Mi hermano es clérigo y puede ayudarle a educarla.

DOOLITLE. — (Evasivamente.) Sí, sí, caballero; vendré con mucho gusto. No muy pronto, porque tengo un trabajo en el otro extremo de la ciudad, pero vendré alguna vez. Adiós, señores; adiós, señora. (Sale, acompañado de MISTRESS PEARCE.)

ELISA. — Viejo embustero; no se fíen ustedes de él. Cuando ha oído lo del clérigo, huye espantado. No ha de venir tan pronto.

HIGGINS. — A mí no me hace falta. ¿Y a ti?

ELISA. — Menos. ¡Ojalá no vuelva a aparecer! ¡Cómo me luzco tanto con él!… Es un perdido.

PICKERING. — Pero es su padre, Elisa; no debe usted hablar así de él.

ELISA. — Bueno, caballero; me callaré si le molesto. Lo que quisiera yo ahora, ya que me dijeron que podría tomar un taxi cuando se me antojase, es tomarlo ahora mismo y darme una vueltecita por ahí para que me vean mis antiguas compañeras y rabien un poquito. Yo ni les dirigiré la palabra.

PICKERING. — Más valdría esperar a tener otro traje para salir a la calle.

HIGGINS. — Y, además, no hace falta que cortes tus relaciones con tus antiguas amistades.

ELISA. — ¡Qué amistades ni qué ocho cuartos! Yo no me trato con esas chicas. Bastantes veces me han mirado de arriba abajo cuando les iba bien. Ahora me toca a mí. De todos modos, si van a traerme un traje elegante para ir a la calle, esperaré. ¡Cuánto me gustan a mí los vestidos bonitos y cuántas veces he deseado tenerlos! Mistress Pearce me ha dicho que tendré para dormir prendas diferentes de las del día, muy elegantes. Esto lo encuentro yo una tontería y un gasto inútil. En primer lugar, de noche no se pueden lucir las prendas, y luego, cuando hace frío, en invierno, cualquiera se muda de ropa para ir a la cama.

MISTRESS PEARCE. — (Volviendo.) Elisa, ya han traído la ropa: ¿quiere usted venir a probársela?

ELISA. — ¡Aaaayyyyy!... (Se precipita afuera.)

MISTRESS PEARCE. — (Siguiéndola.) Pero, muchacha, no corra así. (Sale, cerrando la puerta.)

HIGGINS. — Pickering, menuda faena la que nos espera.

PICKERING. — (Con convicción.) Eso mismo pienso yo.

TELÓN

****

ACTO TERCERO

Hoy es el día en que se queda en casa MISTRESS HIGGINS, la madre del conocido profesor de fonética. Todavía no ha llegado nadie. El salón, situado en un piso de la ribera de Chelsea, tiene tres ventanas que miran al río. Las ventanas están abiertas y dan a sendos balcones, en los que hay macetas de flores. A la izquierda del espectador está la chimenea, y a la derecha, una puerta de dos hojas. Faltan los mueblecitos, veladores, rinconera; y otras chucherías que se ven en otros salones. En medio de la pieza hay un soberbio sofá forrado de brocado, lo mismo que sus cojines, y de la misma rica tela son las cortinas y el portier. En el suelo hay una mullida alfombra de lana. En las paredes se ven algunos cuadros de los mejores autores modernos, entre ellos un buen retrato pintado al óleo, de cuando MISTRESS HIGGINS era joven y hermosa. En el rincón, diagonalmente opuesto a la puerta, se ve un elegante y sencillo escritorio, con un timbre al alcance de la mano de quien se sienta a dicho escritorio. Ante éste está ahora sentada MISTRESS HIGGINS, vestida sobria, pero elegantemente. Es una señora de más de sesenta años, de pelo blanco, tez sonrosada y sana y ojos claros, sonrientes, algo maliciosos. Entre ella y el balcón más próximo, una silla pompeyana. Al otro lado de la habitación, en el primer término, un monumental sillón gótico. Del mismo lado se ve un piano muy hermoso. El rincón entre la chimenea y el balcón está ocupado por un sofá-arcón forrado de terciopelo de Génova de color verde, lo mismo que una docena de sillas más, convenientemente dispuestas. Son entre las cinco y las seis de la tarde. La puerta se abre estrepitosamente y entra ENRIQUE HIGGINS.

MISTRESS HIGGINS. — ¡Eres tú, Enrique! ¡Vamos, hombre! Me habías prometido no venir, por ser hoy mi día de recepción.

HIGGINS. — (Se acerca para besarla.) Vamos, mamá, parece que te estorbo.

MISTRESS HIGGINS. — No digas tonterías. Ya sabes lo que pasa. Como eres tan particular, espantas a mis visitas, y por eso prefiero que cuando recibo no estés tú.

HIGGINS. — (Besándola.) Seré bueno, mamá; no espantaré a nadie. No te creas; he venido con un fin particular.

MISTRESS HIGGINS. — Mira, Enrique: déjate de bromas. Ya sabes que ante todo quiero mi tranquilidad.

HIGGINS. — Ya sé lo que me vas a decir: que soy un Adán, que mis maneras son de cuartel, que no sé llevar una conversación. Todo es verdad; pero ahora se trata de un asunto de interés científico.

MISTRESS HIGGINS. — ¡Quita, quita, por Dios! Ya te veo venir con tus vocales y tus diptongos, y tus cuerdas vocales y tus dentales y sibilantes, y etcétera. La gente teme más eso que tus exabruptos. Olvídate siquiera hoy de esas cosas. Mira: vienes luego a comer y te escucharé todo lo que quieras.

HIGGINS. — Imposible, mamá; tiene que ser ahora mismo. Escucha: he pescado a una muchacha...

MISTRESS HIGGINS. — O una muchacha te ha pescado a ti.

HIGGINS. — Nada de eso. Ya sabes que estoy demasiado ocupado para pensar en amoríos.

MISTRESS HIGGINS. — ¡Lástima!

HIGGINS. — ¿Lástima? ¿Por qué?

MISTRESS HIGGINS. — Hombre, porque sí. Me gustaría que pensaras en casarte. No quisiera morir sin haber visto a algunos nietos. Parece mentira que seas así, cuando hay tantas muchachas guapas por ahí.

HIGGINS. — Sí, las habrá; pero a mí, como si no. Mis estudios, antes que todo. No soy enemigo de las mujeres, pero las prefiero un poco entradas en años. Con las muchachas no se puede tener una conversación sensata. (Se pasea con las manos en los bolsillos, haciendo sonar unas monedas y un manojo de llaves.) No tienen juicio.

MISTRESS HIGGINS. — Alguna habrá lista. La cuestión es dar con ella. Pero vamos, cuéntame: ¿qué pasa con esa muchacha?

HIGGINS. — Pues que va a venir a verte.

MISTRESS HIGGINS. — ¿Cómo? ¿Quién es?

HIGGINS. — No la conoces, y no tiene nada de particular. Es una vulgar florista que recogí en el arroyo.

MISTRESS HIGGINS. — ¡Jesús; y la mandas venir aquí en día de recepción! Tú no estás en tus cabales.

HIGGINS. — (Se acerca zalamero.) No te asustes, mamaíta; ya verás como no hace ningún estropicio. Yo le he enseñado a hablar con propiedad y a portarse correctamente. Le he recomendado que no hable más que de dos cosas: del tiempo que está haciendo y de la salud de cada uno, como se suele hablar en sociedad, y que no se lance a generalidades por nada del mundo. Verás qué bien sale del empeño.

MISTRESS HIGGINS. — Tú estás loco, Enrique. Buena la has hecho.

HIGGINS. — Ya verás, y me darás la razón. Pickering está conmigo en el complot. Tengo con él una apuesta, según la cual, dentro de cuatro meses, tengo que hacerla pasar por una aristócrata. La recogí hace ya dos meses, y no puedes figurarte lo que va adelantando. Tiene un oído excelente y un órgano vocal muy flexible. Más fácil me ha sido enseñarle a hablar inglés que a la generalidad de mis discípulos de la burguesía, por la sencilla razón de que ha tenido que aprender un léxico completamente nuevo. Ahora habla el inglés tan bien como tú el francés.

MISTRESS HIGGINS. — ¡Vamos! Pues te felicito.

HIGGINS. — No hay de qué, todavía.

MISTRESS HIGGINS. — ¿Cómo?

HIGGINS. — Pues claro. He logrado reformar su vocabulario y darle una pronunciación perfecta; pero eso no basta. Importa fijarse en cómo pronuncia, pero también en lo que pronuncia, y eso es lo que... (Son interrumpidos por una doncella, que aparta el portier anunciando:)

DONCELLA. — ¡La señora y la señorita de Eynsford! (Vase.)

HIGGINS. — ¡Atiza! (Recoge su sombrero del sofá y trata de escapar sin ser visto; pero su madre le coge del brazo y, al entrar las visitas, le presenta, quiera o no quiera. La SEÑORA y la SEÑORITA DE EYNSFORD HILL son la madre e hija que hemos conocido en el primer acto. La madre es una señora muy bien educada, calmosa, y tiene la natural timidez del que vive en la estrechez. La hija afecta un aire de estar muy acostumbrada a frecuentar la buena sociedad y a no reparar en gastos.)

MISTRESS HIGGINS. — Queridas amigas, pasen ustedes.

SEÑORA EYNSFORD. — ¿Cómo está usted? (Se besan.)

MISTRESS HIGGINS. — Bien, ¿y ustedes?

SEÑORITA EYNSFORD. — ¡Mistress Higgins! ¡Qué bien la encuentro! (Se besan.)

MISTRESS HIGGINS. — (Presentando a su hijo.) Mi hijo Enrique. Creo que ustedes no se conocen.

SEÑORA EYNSFORD. — ¿Cómo está usted? (Se dan la mano.)

HIGGINS. — Bien, ¿y usted? (Da la mano también a la hija.) Señorita. (Se inclina.)

SEÑORITA EYNSFORD. — Hemos oído hablar mucho de usted; pero, hasta ahora, no habíamos tenido el gusto de verle.

HIGGINS. — El gusto es mío. (Mirándola de repente con sorpresa.) Pero me parece que nos hemos visto ya en alguna parte. Conozco su voz, no hay duda. En fin, no importa; tomen asiento.

MISTRESS HIGGINS. — Mi hijo Enrique tiene un carácter un poco brusco. No se lo tomen en cuenta.

SEÑORITA EYNSFORD. — Yo no hago caso. Me gustan los caracteres originales. (Se ríe y se sienta en el sillón gótico.)

SEÑORA EYNSFORD. — (Un poco confusa.) ¡Qué cosas tienes, hija! (Se sienta en el sofá, y MISTRESS HIGGINS en la silla del escritorio, volviéndola hacia la reunión. HIGGINS va hacia un balcón y admira las lejanías del paisaje, como si fuera la primera vez que contemplara tal panorama. La doncella vuelve a entrar anunciando al CORONEL PICKERING.)

PICKERING. — (A MISTRESS HIGGINS.) ¿Cómo está usted, mistress Higgins?

MISTRESS HIGGINS. — Tanto gusto en verle, coronel. Estas señoras, amigas mías, son las señoras de Eynsford Hill. (Saludos mutuos. El CORONEL acerca la silla pompeyana y se sienta en ella.)

PICKERING. — ¿Le ha contado Enrique lo que tramamos?

HIGGINS. — (Inclinándose hacia él, y en voz baja.) Nos han interrumpido. ¡Qué le vamos a hacer!

MISTRESS HIGGINS. — Pero, Enrique, mira lo que dices.

SEÑORA EYNSFORD. — (Semilevantándose.) Si es que estorbamos...

MISTRESS HIGGINS. — (Levantándose y haciéndola sentarse otra vez.) ¡Por Dios; no faltaba más! Precisamente estaba esperándolas. Quiero presentarlas a una amiga.

HIGGINS. — (De repente, convencido.) Sí, sí, es verdad. Para mi experimento hace falta que haya una reunión. (Vuelve la doncella para anunciar a FREDDY.)

HIGGINS. — (Casi en voz alta.) ¡Otro Eynsford Hill, vaya!

FREDDY. — (Con inclinación pedantesca.) ¿Cómo está usted, señora?

MISTRESS HIGGINS. — Bien, ¿y usted? (Presenta a los demás.) El coronel Pickering.

FREDDY. — (Inclinándose.) Mucho gusto.

MISTRESS HIGGINS. — Mi hijo Enrique.

FREDDY. — (Inclinándose.) Mucho gusto.

HIGGINS. — (Mirándole como si fuese un carterista.) Juraría que ésta no es la primera vez que nos vemos.

FREDDY. — No recuerdo.

HIGGINS. — Bueno, no importa; tome asiento. (Da la mano a FREDDY y casi le hace caer de un empujón sobre el sofá. Luego da la vuelta y se sienta en el otro extremo del sofá, al lado de la SEÑORA EYNSFORD.) Ahora digo yo: ¿de qué vamos a hablar hasta que venga Elisa?

SEÑORITA EYNSFORD. — Conmigo no cuente, pues no me cuido de la conversación. (Mirando a HIGGINS a ver si le hace impresión.) ¡Ah, si las personas fueran francas y dijeran lo que realmente piensan!

HIGGINS. — ¡Dios no quiera!

SEÑORA EYNSFORD. — (Terciando en el asunto para ayudar a su hija.) ¿Por qué?

HIGGINS. — Lo que creen que debieran pensar, ya es bastante malo de por sí, Dios sabe; pero lo que realmente piensan es aún peor. ¿Cree usted que sería agradable oír, por ejemplo, lo que yo realmente pienso?

SEÑORITA EYNSFORD. — (Riéndose.) ¿Tan cínico es?

HIGGINS. — ¡Cínico! ¡Yo no he dicho semejante cosa! ¡Lo que digo es que haría poco gracia!

SEÑORA EYNSFORD. — Creo que usted exagera.

HIGGINS. — Desengáñese, señora; todos, el que más y el que menos, somos unos salvajes. Creemos ser hombres civilizados y cultos, entender de poesía y filosofía, arte y ciencia, etcétera; pero la mayoría no sabemos ni la primera palabra de ello. (A la SEÑORITA EYNSFORD.) Vamos a ver: ¿qué sabe usted de poesía? (A la SEÑORA EYNSFORD.) ¿Qué sabe usted de ciencia? (Señalando a FREDDY.) ¿Qué sabe ese joven de arte, de ciencia, de lo que sea? ¿Qué creen ustedes que yo sé de filosofía?

MISTRESS HIGGINS. — Y sobre todo, Enrique, de trato de gentes. (La doncella aparece de nuevo y anuncia a la señorita ELISA DOOLITLE. ELISA, deliciosamente trajeada, produce al entrar tal impresión de hermosura y distinción, que todos se levantan como cohibidos. Es un contraste enorme con la florista estrafalaria de antes. Guiada por la mirada de HIGGINS, se acerca a la señora de la casa, con gracia estudiada.)

ELISA. — (Con corrección pedantesca y hermosa cadencia de voz.) ¿Cómo está usted, señora? Su señor hijo me dijo que usted me haría el honor de recibirme; así es que me he permitido...

MISTRESS HIGGINS. — (Cordial.) Tengo una verdadera satisfacción en conocerla.

PICKERING. — ¿Cómo está usted, Elisa?

ELISA. — Bien, ¿y usted, coronel?

PICKERING. — Bien, gracias.

MISTRESS HIGGINS. — (Presentando.) Esta señora es mistress Eynsford Hill. Su hija Clara... Su hijo Freddy. (Saludos mutuos. CLARA se sienta al lado de ELISA, en el sofá, y la mira con atención suma desde los pies a la cabeza. FREDDY, después de rondar solícito a ELISA, se sienta con aire de suficiencia en el sillón gótico.)

HIGGINS. — (De repente.) ¡Calla, ahora recuerdo! (Todos le miran con sorpresa.) En el pórtico de San Pablo... (En son de lamento.) ¡Maldita casualidad!

MISTRESS HIGGINS. — ¡Vamos, Enrique, repórtate! (Él está a punto de sentarse en el escritorio.) Cuidado, hombre, no te sientes en mi escritorio, que lo vas a romper.

HIGGINS. — Dispensa, mamá. (Va hacia el sofá, tropezando con el pico de la alfombra, y, desahogándose con sordas imprecaciones, concluye su desastroso trayecto dejándose caer en el sofá con tanta fuerza que lo hace crujir alarmantemente. Su madre le mira con severidad, pero se reprime y guarda silencio. Sigue una larga y penosa pausa.)

MISTRESS HIGGINS. — (Finalmente, para reanudar la conversación.) Parece que el tiempo va a cambiar. No me chocaría que tuviésemos lluvia.

ELISA. — Las bajas presiones que predominan en las islas por toda la parte del Oeste y el canal, parece que tienen tendencia a correr hacia el Este. Por lo demás, el estado barométrico es bastante fijo, quitando un pequeño centro de perturbación por el Norte.

FREDDY. — ¡Ja, ja, ja, ja, ja! ¡Qué gracia!

ELISA. — ¿Qué le pasa a usted, caballero? Creo que no he dicho ningún disparate.

FREDDY. — Me hace la mar de gracia.

SEÑORA EYNSFORD. — Yo no creo que llueva. El cielo está muy limpio de nubes. Y es lástima, porque convendría un poco de lluvia. Hay que ver cuánta gente hay enferma a causa de esta sequía tan prolongada.

ELISA. — (Sombría.) Una tía mía se murió de la gripe. Por lo menos, así dijeron.

SEÑORA EYNSFORD. — (Moviendo la cabeza y chascando la lengua en son de lástima.) ¿Es cierto? ¡Pobrecilla!...

ELISA. — (Con pronunciación muy pura y cadencia armoniosa.) Sí, así dijeron; pero a mí no me la dan con queso. Para mí que cuando la estaban cuidando a la pobre, metieron la pata hasta el corvejón...

SEÑORA EYNSFORD. — (Con extrañeza.) No comprendo...

ELISA. — Sí, señora, como hay Dios. Mi tía, que en paz descanse, tenía mucha correa. Había pasado por muchas enfermedades: malos partos, una pulmonía, el cólico miserere, qué sé yo. Y tan tiesa. Mi padre siempre decía: "A ésta no la matan ni a tiros." Cuando lo del cólico sí creíamos que la diñaba. Parecía que estaba dando las boqueadas; pero mi padre le acercó una botella de aguardiente, y al momento ella volvió en sí, y pidió más, y si la dejan, no queda ni gota.

SEÑORA EYNSFORD. — (Espantada.) ¡Jesús! ¡Jesús!

ELISA. — (Recalcando y cuidando cada vez más de su pronunciación.) Nada, señora; lo que digo. Una mujer con esa fibra no se muere, así como así, de la gripe. Hace falta más para que la diñe. Sencillamente, que le hicieron la pascua en grande.

SEÑORA EYNSFORD. — ¡La pascua! No entiendo nada.

HIGGINS. — (Interviniendo.) Quiere decir que precipitaron su muerte.

ELISA. — Luego arramblaron con todo. Su peina de concha, que a mí me hubiese tocado, no apareció. No apareció nada.

SEÑORA EYNSFORD. — (Horrorizada.) Pero ¿cree usted que mataron a su pobre tía?

ELISA. — ¿Que si lo creo? ¡Cuando le digo que los que vivían con ella la hubiesen despachado para el otro mundo por un alfiler de sombrero! No digamos, pues, por una peina.

SEÑORA EYNSFORD. — De todos modos, lo que no me parece bien es que su padre de usted le diese aguardiente. ¡Por Dios, a una mujer gravemente enferma eso era matarla!

ELISA. — No lo crea. A ella bien le gustaba: más que la teta de su madre. ¡Luego, como también él estaba acostumbrado a la bala rasa!

SEÑORA EYNSFORD. — Pero ¿su padre bebía?

ELISA. — ¡Ay mamá, que si bebía! Agarraba cada melopea que Dios tiritaba.

SEÑORA EYNSFORD. — ¡Qué cosa más terrible para usted!

ELISA. — ¡Quia, que se cree usted eso! Estando así era un alma de Dios. Le daba por tener contento a todo el mundo. A los chicos nos daba los cuartos que le habían quedado. Con mi madre se ponía la mar de amable. Tanto es así, que cuando ella le veía de mal humor, le daba un chelín y le decía: "Anda, hombre, vete a tomar unas copas a ver si te pones de mejor genio." ¡Cuánta más felicidad habría en los hogares si todas las señoras siguiesen ese método y tratasen de emborrachar a sus maridos! (A FREDDY, que lucha desesperadamente por no soltar carcajadas estrepitosas.) ¿Qué le pasa a usted, joven? Parece que me está usted tomando la melena.

FREDDY. — Me hace mucha gracia. Había oído decir que en la alta sociedad se usa ahora el lenguaje de las clases populares como diversión. Ahora, nunca creí que una persona de la categoría de usted lo pudiese imitar tan perfectamente. ¡Qué bien lo hace usted!

ELISA. — Si lo hago bien, no sé a qué viene el reírse tanto. (A HIGGINS.) ¿He dicho algo que no sea conveniente?

MISTRESS HIGGINS. — (Interviniendo.) Nada, hija mía; ha estado usted muy bien.

ELISA. — Favor que usted me hace, señora. (Expansiva.) Lo que digo yo siempre es...

HIGGINS. — (Mirando el reloj y levantándose.) ¡Ejem!

ELISA. — (Mirándole de repente y comprendiendo la indicación.) Pero ¿en qué estoy pensando? Señores, tendría mucho placer en seguir tan agradable compañía; pero no tengo más remedio que despedirme. (Va hacia MISTRESS HIGGINS y luego a los demás.) Tanto gusto... Reconózcame como a una verdadera amiga.

MISTRESS HIGGINS. — Ya sabe dónde me tiene a su disposición.

ELISA. — Gracias, señora. Adiós, coronel Pickering.

PICKERING. — Adiós, miss Doolitle. (Se dan la mano.)

ELISA. — (Inclinándose hacia los demás.) Adiós, señoras, señores.

FREDDY. — (Abriéndole la puerta.) Si va usted a tomar por el parque, miss Doolitle, permítame que la acompañé un trecho.

ELISA. — ¡Pa chasco! ¡Nipis! (Sensación.) Yo voy a agarrar un taxi. (Sale. PICKERING, estupefacto, se sienta. FREDDY va al balcón para seguir a ELISA con la vista.)

SEÑORA EYNSFORD. — (Escandalizada.) Señores, digan lo que quieran, estos modales de ahora no me gustan, no me gustan.

SEÑORITA EYNSFORD. — (Sentándose bruscamente en el sofá.) Pero, mamá, ¡qué cosas tienes! Van a creer que nunca nos tratamos con la gente bien si te muestras tan anticuada.

SEÑORA EYNSFORD. — Yo seré muy anticuada, hija mía; pero espero que tú no uses ese lenguaje. ¡Qué barbaridad! ¡Jesús! Concedo que las jóvenes de hoy no sean tan remilgadas como lo hemos sido las de mi tiempo; pero, vamos, esto ya pasa de la raya. ¿No le parece a usted, señor Pickering?

PICKERING. — A mí no me pregunte, señora. He estado fuera de mi país muchos años, y mientras tanto, las maneras han cambiado mucho. Hasta el punto de que, a veces, estando en una reunión, me pregunto si estoy entre personas bien educadas o en un cuerpo de guardia.

SEÑORITA EYNSFORD. — Todo es acostumbrarse. Yo creo que no hay nada chocante en ese modo de hablar... Luego, es tan expresivo, tan pintoresco... Por mi parte, me encanta.

SEÑORA EYNSFORD. — (Levantándose.) Vaya, yo creo que ya es

tiempo de que nos despidamos de estos señores. (HIGGINS y PICKERING se levantan.)

SEÑORITA EYNSFORD. — (Levantándose.) Es verdad; todavía tenemos que hacer tres visitas más. (A MISTRESS HIGGINS.) Señora, muchas gracias por su amable recepción. (A HIGGINS y PICKERING.) Caballeros, he tenido una verdadera satisfacción.

HIGGINS. — (Acompañándola hasta la puerta, con sonrisa socarrona.) Adiós, señorita. No lo dude usted: aquel lenguaje es lo más "chic" y lo más "smart" que se usa ahora. Usted no haga caso. Úselo en todas sus visitas y tendrá un éxito seguro: dará usted el golpe.

SEÑORITA EYNSFORD. — (Sonriendo.) Lo sé de sobra. Yo tengo mucho pesquis, mucho quinqué. Yo diquelo.

HIGGINS. — Y que lo diga. ¡Anda la vértiga!

SEÑORITA EYNSFORD. — ¡Vaya al cuerno la ñoñez de la gente antigua! Hay que ser de su tiempo, ¡caray!

SEÑORA EYNSFORD. — (Sumamente abochornada.) ¡Por Dios, hija!

SEÑORITA EYNSFORD. — ¡Ja, ja, ja! (Sale radiante, convencida de estar a la última, y se la oye cómo se aleja lanzando carcajadas y voces escandalosas.)

FREDDY. — (Entusiasmadísimo.) Yo les digo a ustedes... (No prosigue por temor a cometer una incorrección. Se acerca a la señora HIGGINS para despedirse.) Señora, mil gracias por su amable recepción.

MISTRESS HIGGINS. — Ya sabe usted, Freddy, que tengo mucho gusto en verle por aquí. Y esa señorita, ¿qué tal le ha parecido?

FREDDY. — A mí, encantadora, graciosísima, resaladísima.

MISTRESS HIGGINS. — Bien, bien, joven. Ya sabe usted el día que recibo. Cuando usted guste...

FREDDY. — Un millón de gracias, señora. No faltaré. Adiós. (Saliendo.) Mamá, vamos ya; Clara se está poniendo el sombrero.

MISTRESS HIGGINS. — Adiós, Freddy.

HIGGINS. — Adiós, joven.

SEÑORA EYNSFORD. — Señores, he tenido tanto gusto. Clara me está esperando. ¡Qué loca es! Ustedes perdonen.

MISTRESS HIGGINS. — No haga usted caso. La juventud de hoy, ya se sabe, no es como la de nuestro tiempo.

SEÑORA EYNSFORD. — Ya lo sé. Pero, vamos, yo no puedo acostumbrarme a ese modo de ser. Clara siempre me está reconviniendo... (Se la oye continuar hablando en el pasillo, adonde la acompaña MISTRESS HIGGINS. Ésta, luego, vuelve a entrar. En cuanto reaparece, HIGGINS la coge del talle riendo y la obliga a sentarse a su lado en el sofá.)

HIGGINS. — Vamos, mamaíta, di la verdad: ¿es presentable o no es presentable Elisa?

MISTRESS HIGGINS. — Enrique, Enrique, no seas tonto. ¡Qué ha de ser presentable! Confieso que gracias a tus lecciones y gracias al arte del modista puede pasar; pero dice cada cosa... ¡Vamos!

PICKERING. — Eso sí; su lenguaje se resiente todavía algo del ambiente en que se ha criado.

HIGGINS. — Pues están ustedes equivocados. Su lenguaje es el que ahora priva en la así llamada buena sociedad.

MISTRESS HIGGINS. — En fin, una vez más se puede decir que los extremos se tocan. Está visto que esas exquisiteces no se han hecho para los que no somos "ni chicha ni limoná", como tal vez diría aquella muchacha. Pero dejemos eso. Cuéntenme algo de su vida y de lo que hacen.

PICKERING. — Ya sabe usted que me he instalado en casa de Enrique. Estudiamos juntos los dialectos de la India y la fonética; es más cómodo que...

MISTRESS HIGGINS. — Lo sé, lo sé... Pero ¿dónde vive la muchacha?

HIGGINS. — ¿Elisa? Con nosotros, claro está. ¿En dónde había de vivir, si no?

MISTRESS HIGGINS. — Bien; pero ¿en calidad de qué? ¿De sirvienta, de empleada, de qué?

PICKERING. — (Con voz algo cohibida.) Creo que adivino lo que quiere usted decir, señora.

HIGGINS. — Pues yo, ¡maldito! El caso es bien claro. Yo he tenido que trabajar a diario durante algunos meses con esa muchacha para hacer de ella lo que es hoy. Y, además, la chica es útil. Me tiene la casa muy arreglada; con ella cada cosa está en su sitio; lleva, como dice, mis libros.

MISTRESS HIGGINS. — ¿Y cómo se lleva con mistress Pearce, tu ama de llaves?

HIGGINS. — Divinamente. ¡Poco contenta que está la buena señora de haber hallado tan valiente ayuda! Ya no tiene que romperse la cabeza para tener en orden mis cilindros y mis apuntes. Está chiflada por Elisa. No cesa de cantar sus alabanzas. Se pasa el día diciendo: "¡Lo que es esa chica, señor!"

PICKERING. — Sí, ésta es su fórmula: "¡Lo que es esa chica, señor!"

HIGGINS. — Por cierto que no necesita recordarme a la tal chica. ¡Menuda tarea la mía con dedicarme a reformar sus vocales y consonantes, y con observar sus labios, sus dientes, su lengua y..., lo que es más complicado..., su alma!

MISTRESS HIGGINS. — La verdad es que parecen ustedes un par de chiquillos jugando con una muñeca.

HIGGINS. — ¡Jugando! No lo creas. Es la tarea más difícil que he emprendido en mi vida. No confundas, mamá. No puedes figurarte lo interesante que es tomar a un ser humano y transformarlo en otro ser, creando para él un nuevo modo de expresarse. Equivale a rellenar el abismo más profundo que separa unas de otras a las diferentes clases de la sociedad y a las diferentes almas.

PICKERING. — (Acercando su silla a la de MISTRESS HIGGINS y prosiguiendo con gran animación.) Sí, señora; es enormemente interesante. Le aseguro que es muy seria nuestra ocupación con Elisa. Cada semana, estoy por decir cada día, se observa en ella algún cambio. (Acercándose todavía más.) Vamos registrando exactamente todos los progresos, tomamos docenas de fotografías, impresionamos centenares de cilindros...

HIGGINS. — (Asaltándola por el otro oído.) Sí, mamá, es el experimento más absorbente que te puedes imaginar. Puede decirse que no hacemos otra cosa que ocuparnos de Elisa.

PICKERING. — Todo el día estamos hablando de Elisa.

HIGGINS. — Enseñando a Elisa.

PICKERING. — Corrigiendo a Elisa.

HIGGINS. — Perfeccionando a Elisa.

PICKERING. — Vistiendo a Elisa.

MISTRESS HIGGINS. — ¡¡Qué!!

HIGGINS. — Transformando a Elisa.

PICKERING e HIGGINS. — (Hablando atropelladamente y a la vez.) Tiene un oído maravilloso... Te aseguro que esa chica... Lo mismo que un loro... Parece mentira; es un genio... La hemos enseñado a pronunciar cuantos sonidos existen en la lengua humana... La hemos llevado a los conciertos clásicos... En los dialectos africanos, hotentotes, zulúes, cafre... A la opereta, y todo se le fija en la memoria; es increíble... Sonidos que otra persona tardaría años en aprender... Lo mismo le da Beethoven y Mozart que Lehar y Strauss... Vaya un órgano fonético el suyo... Aunque hace tres meses no sabía lo que era un piano...

MISTRESS HIGGINS. — (Tapándose los oídos con las manos.) ¡Por Dios! ¡Por Dios! ¡Me van a volver loca! (Los dos se interrumpen de pronto.)

HIGGINS. — La verdad es que, cuando se entusiasma Pickering, no hay medio de meter baza.

PICKERING. — Pero si estoy callado. Hable lo que quiera.

MISTRESS HIGGINS. — Escúchenme un momento. Hay que resolver un problema.

PICKERING. — Ya sé. El de cómo se la ha de presentar como aristócrata.

HIGGINS. — No hay que preocuparse. Ya lo tengo resuelto.

MISTRESS HIGGINS. — Pero, señores, ustedes todo se lo dicen y todo se lo contestan. A lo que me refiero es a un problema completamente distinto.

HIGGINS. — Tú dirás.

MISTRESS HIGGINS. — El problema está en saber qué se hará con esa muchacha una vez terminado vuestro experimento.

HIGGINS. — ¿Qué tenemos que ver con eso? Hará lo que le parezca. Disfrutará las ventajas que le he proporcionado.

MISTRESS HIGGINS. — Pero, hombre, no digas disparates. ¿Qué ventajas son ésas? En el momento que tenga que ganarse la vida, ¿de qué le servirán las maneras y el modo de expresarse que le hayas enseñado?

PICKERING. — Ya se encontrará el medio de proporcionarle alguna colocación.

HIGGINS. — Ya lo creo, no te preocupes. Ahora, con tu permiso, mamá, nos vamos a despedir. Oiga usted, Pickering: vamos a llevarla a la Exposición de Shakespeare, en Earls Court.

PICKERING. — Conforme, sí. Nos harán gracia sus críticas.

HIGGINS. — En casa, luego, imitará a todos los conferenciantes.

PICKERING. — Adiós, señora.

HIGGINS. — Adiós, mamá, y consérvate buena. (Salen riendo a carcajadas.)

MISTRESS HIGGINS. — (Se queda moviendo la cabeza, y luego exclama:) ¡Ah! Los hombres, los hombres...

TELÓN

****

ACTO CUARTO

El laboratorio de HIGGINS y PICKERING. Es medianoche. No hay nadie en la habitación. El reloj de la chimenea da las doce. Es una noche de primavera. Se oye que, por la escalera, vienen HIGGINS y PICKERING.

HIGGINS. — Cierre la puerta, Pickering. Creo que, por esta noche, ya no saldremos.

PICKERING. — Bien; ya he echado el cerrojo. Me parece que mistress Pearce puede acostarse. ¿O la necesita para algo?

HIGGINS. — No, nada; que se acueste. (ELISA abre la puerta de la habitación y hace su aparición en traje de noche, con joyas, flores, abanico, etc., como quien viene de la ópera. Se acerca a la chimenea y enciende los candelabros eléctricos. Está cansada. Su palidez contrasta fuertemente con sus ojos y sus cabellos negros, y su expresión es casi trágica. Se quita el abrigo, coloca sus flores y su abanico sobre el piano y se sienta en un sillón, callada y pensativa. HIGGINS, en traje de etiqueta y con sombrero de copa, entra y se quita el gabán, el sombrero y el frac, coge una chaqueta de encima de un sillón y se la pone, tirando sin cuidado la ropa sobre los muebles. Luego se deja caer en un sillón delante de la chimenea. PICKERING entra también, se quita el sombrero y el gabán y está a punto de amontonarlos sobre la ropa de HIGGINS, pero se abstiene.)

PICKERING. — Mistress Pearce se va a enfadar si dejamos la ropa tirada en el salón.

HIGGINS. — Déjela ahí fuera, en el banco de la antesala. Mañana la encontrará y la guardará. Pensará que estuvimos algo bebidos.

PICKERING. — Y lo estamos un poco, amigo Higgins. Voy a ver si hay cartas en el buzón. (Recoge la ropa y la lleva a la antesala.)

HIGGINS. — (Tarareando un aria de "La Fanciulla del Oeste dorado". Se interrumpe bruscamente.) ¿Dónde están mis zapatillas? (ELISA le mira sombría, luego se levanta de repente y sale de la habitación. HIGGINS vuelve a tararear, después de bostezar ampliamente. PICKERING vuelve con el contenido del buzón.)

PICKERING. — Sólo hay circulares y esta esquelita amorosa para usted. (Tira las circulares dentro de la chimenea, le da la carta a HIGGINS y se coloca de espaldas a la chimenea.)

HIGGINS. — (Mirando la carta.) Algún sablazo, como si lo viera. (Tira la carta a la chimenea. ELISA vuelve con un par de enormes zapatillas, las coloca en la alfombra delante de HIGGINS y se vuelve a sentar silenciosa.)

HIGGINS. — (Bostezando nuevamente.) ¡Dios mío, qué noche! ¡Cuánta gente! ¡Y cuánta idiotez! (Levanta el pie para desatarse el calzado y ve con sorpresa las zapatillas.) Pero ¿qué es eso? ¿Mis zapatillas están aquí?

PICKERING. — (Estirándose.) ¡Caramba! Estoy algo cansado. Ha sido una jornada de prueba. Primero la "garden-party"; luego, la cena; finalmente, la ópera; son muchas cosas. Pero usted ha ganado la apuesta. Elisa se presentó perfectamente y ha dado el timo a todos.

HIGGINS. — (Fervoroso.) ¡Gracias a Dios que se acabó! (ELISA se estremece violentamente; pero ellos no lo notan, y ella recobra la calma y su aparente impasibilidad.)

PICKERING. — En la "garden-party", confieso que yo no las tenía todas conmigo. Elisa, en cambio, parecía muy tranquila.

HIGGINS. — Sí, sí; estaba muy segura de sí misma. La verdad, si no es por la negra honrilla, no llevo la broma hasta el final. Pero, en fin, me había empeñado en ello, y por eso la llevé adelante. Al principio, mientras estuvimos en la parte fonética, la cosa me interesó; pero luego me fue pesando lo indecible. Lo dicho: de no haber sido por el empeño, lo hubiese abandonado todo a los dos meses de empezar.

PICKERING. — La "garden-party", con tanta gente de la alta aristocracia; hay que confesarlo, fue una prueba emocionante. Yo temblé...

HIGGINS. — Yo también, un poco, pero sólo durante los tres primeros minutos. Cuando vi que llevábamos las de ganar con toda seguridad, casi me empecé a aburrir. Durante el banquete sí que me aburrí de verdad. A mí me revientan sobre manera esas cosas. Estese usted ahí tragando durante más de una hora, sin más remedio que oír sandeces a diestro y siniestro. Le aseguro a usted, Pickering, que no me vuelven a coger en otra. Una vez y no más. No haré más duquesas postizas.

PICKERING. — Usted, amigo mío, no está hecho a la vida de sociedad. Hay que acostumbrarse a todo. (Yendo hacia el piano.) A mí, por mi parte, no me disgusta asomarme de cuando en cuando a la vida del así llamado gran mundo. Parece que me rejuvenece. De todos modos, ha sido un gran éxito, un inmenso éxito. Dos o tres veces casi me asusté al ver que Elisa lo hacía tan bien. Tenga usted en cuenta que mucha gente aristocrática no sabe conducirse en sociedad; es tan necia, que se figura que el "chic", digamos el estilo, es innato, y así nunca aprende. Hay que desengañarse; en todo lo que se hace verdaderamente bien, hay algo de profesional.

HIGGINS. — Tiene usted razón; hay pocos que saben ser lo que son. (Levantándose.) En fin, ya se acabó, y ahora me puedo ir a la cama sin temer el mañana. (La expresión de ELISA se hace más sombría aún.)

PICKERING. — Pues yo voy a hacer otro tanto. Buenas noches, que ustedes descansen. (Vase.)

HIGGINS. — (Yendo detrás de él.) Buenas noches, Pickering. (En la puerta, volviendo un poco la cabeza.) Apaga, Elisa, y dile a mistress Pearce que no haga café para mí mañana; tomaré té. (Vase. ELISA se esfuerza por contenerse y aparentar indiferencia al levantarse y acercarse a la chimenea para apagar las luces. Está a punto de gritar. Se sienta en el sillón y agarra con manos crispadas los brazos del mismo. Finalmente, sin poder resistir más, se abandona a la mayor desesperación, dejándose caer en el suelo, donde se revuelve furiosamente.)

HIGGINS. — (Malhumorado, fuera.) Pero ¿qué demonios he hecho yo de mis zapatillas? (Vuelve a entrar.)

ELISA. — (Coge las zapatillas, se incorpora y se las tira, una tras otra, con toda su fuerza.) Ahí tiene usted sus zapatillas. Tome, tome. ¡Maldita sea!

HIGGINS. — (Estupefacto.) Pero ¿qué te pasa? ¡Vamos, arriba! (La levanta.) ¿Qué es eso?

ELISA. — (Jadeante.) Ya estará usted satisfecho. Le he hecho ganar la apuesta, esto basta. De mí, claro está, no importa nada.

HIGGINS. — ¡Que me has hecho ganar la apuesta! ¡Vamos, habrá desfachatez! Pero habla: ¿a qué viene eso de tirarme las zapatillas?

ELISA. — Porque sí, porque le aborrezco, porque quisiera matarle, porque me ponen fuera de mí su brutalidad y su egoísmo... ¿Por qué no me dejó donde estaba, en el arroyo? Ahora se alegra usted de que ya se acabó el experimento y me puede volver a arrojar al arroyo. (Sus dedos se crispan, frenéticos.)

HIGGINS. — (Mirándola con fría extrañeza.) Parece que la niña está nerviosa. (ELISA lanza un rugido sofocado, e instintivamente blande las uñas hacia su cara. HIGGINS, cogiéndola de las muñecas, dice:) Vamos, ahora quiere arañar la gata rabiosa. Cuidado con lo que se hace, ¡eh! ¡A sentarse y a estarse quieta! (La tira brutalmente al sillón.)

ELISA. — (Aniquilada.) ¡Dios mío!... ¡Dios mío! ¿Qué va a ser de mí? ¿Qué va a ser de mí?

HIGGINS. — ¿A mí qué me preguntas? ¿Qué tengo yo que ver con lo que va a ser de ti?

ELISA. — Ya lo sé, ya lo sé. No le importo yo un ápice. No le importaría ni verme morir. Soy yo menos que esas zapatillas "pa" usted.

HIGGINS. — (Con voz de trueno.) "Para" usted.

ELISA. — (Sumisa.) Para usted. Creí que ya daba lo mismo. (Pausa. ELISA, silenciosa, con la cara hundida sobre el pecho. HIGGINS se sienta, algo incómodo.)

HIGGINS. — (Lo más suave que puede.) Vamos, mujer, no seas tonta. Habla con franqueza ¿Tienes alguna queja del trato que se te da aquí?

ELISA. — No, ninguna.

HIGGINS. — ¿Te ha faltado alguien? ¿Pickering, mistress Pearce, alguien de la servidumbre?

ELISA. — No, nadie.

HIGGINS. — Supongo que no dirás que yo me he portado mal contigo.

ELISA. — No.

HIGGINS. — Vamos, menos mal. (Modifica su tono.) Pero ya veo: lo que a ti te pasa es que estás cansada después de los trabajos del día. ¿Quieres un poco de champaña? (Va hacia la puerta.)

ELISA. — No. (Luego, con más cortesía.) Se lo agradezco.

HIGGINS. — (Otra vez de buen humor.) Se comprende, caramba. Ha sido una faena muy dura. Sobre todo, lo de la "garden-party". Pero ya pasó, niña. (Dándole golpecitos cariñosos en el hombro, que a ella la hacen estremecer.) Ya no hay que apurarse.

ELISA. — Sí, ya pasó para usted. (Se levanta de repente y, atravesando rápidamente la habitación, va hacia el piano y se sienta en el taburete, hundiendo la cara en las manos.) ¡Dios mío, quisiera estar muerta!

HIGGINS. — (Con sincera sorpresa.) Pero ¿qué dices? ¡Muerta! ¿Por qué? (Acercándose a ella, con tono dogmático.) Mira, Elisa: toda esa excitación es puramente subjetiva.

ELISA. — No entiendo; soy demasiado ignorante.

HIGGINS. — Quiero decir que obedece a figuraciones tuyas. Nerviosidad, hija del cansancio. No ha pasado nada. Nadie te ha dado motivos de queja. Ahora vas a la cama y duermes bien, y mañana será otro día.

ELISA. — Sí, otro día. (Con desesperación.) Pero yo no sé lo que voy a hacer. No sé para lo que voy a valer.

HIGGINS. — (Queriendo comprender ya.) ¿Eso es lo que te apura? Vamos, parece mentira. (Se pasea por la habitación, en su manera habitual, con las manos en los bolsillos, y haciendo sonar sus llaves y monedas, como quien no se preocupa de nada.) No tienes que preocuparte. Ya te colocarás de un modo u otro; aunque, vamos, creo que esto no corre prisa. (Ella levanta bruscamente la cabeza para mirarle; él no la mira y se fija en una manzana del plato de fruta y la coge para comerla.) ¿No estás bien en mi casa?... Luego tú, claro, te casarás. (Da un mordisco a la manzana y mastica ruidosamente.) No creas que todos los hombres son solterones empedernidos, como Pickering y yo. Casi todos se casan, ¡desgraciados! Tú no eres fea; da gusto mirarte algunas veces...; ahora, no, que estás muy fea llorando y rabiando. Así, pues, lo dicho: vete a la cama, descansa y tranquilízate, reza tus oraciones y duerme..., y mañana te miras en el espejo, y verás cómo tengo razón. (ELISA le mira nuevamente, sin pronunciar una palabra y sin moverse. La mirada es inútil, pues él, abstraído, come su manzana con fruición. HIGGINS, creyendo tener una feliz ocurrencia dice:) Mi madre, que se pirra por concertar matrimonios, seguramente te encontrará algún buen partido.

ELISA. — Eso ya me lo dijo usted en el coche, cuando pasamos por la calle de Tottenham Court.

HIGGINS. — Pero vamos a ver: ¿tú qué opinas?

ELISA. — Yo vendía flores, pero no me vendo a mí misma. Ahora que usted me ha hecho una señorita, ya no soy capaz de vender cosa alguna. ¡Ojalá me hubiese usted dejado donde yo estaba!

HIGGINS. — (Tragando el último pedazo de manzana.) No digas vulgaridades, como eso de venderse a sí misma, hija. Son cosas de novelas de folletín. Si no te gusta casarte, te quedas soltera y punto concluido.

ELISA. — Pero esto no me dice qué podré hacer.

HIGGINS. — La mar de cosas. A propósito: ¿y tu antigua idea de estar al frente de una tienda de flores? Pickering te puede establecer; tiene una barbaridad de dinero. (Riéndose.) Menuda cuenta tendrá que abonar por todo lo que has llevado encima de tu personita hoy. Con el alquiler de las joyas, no bajará de doscientas libras. Ya ves: hace seis meses ni soñabas con que podías tener una tienda de flores tuya. Vamos, chica, alégrate y deja de preocuparte. Yo me voy a la cama; tengo un sueño que me caigo. ¿Para qué he entrado yo? Algo se me había olvidado.

ELISA. — Sus zapatillas.

HIGGINS. — ¡Ah, sí, es verdad! Me las tiraste a la cabeza. (Las recoge y hace ademán de salir, cuando ella se levanta con aire solemne.)

ELISA. — Antes que se vaya, caballero...

HIGGINS. — (Dejando, de la sorpresa, caer las zapatillas.) ¡Caballero!

ELISA. — ...Deseo saber si mi ropa me pertenece o es del coronel Pickering.

HIGGINS. — (Volviendo a entrar del todo, cada vez más sorprendido.) ¿Para qué demonios puede hacerle falta al coronel tu ropa?

ELISA. — Tal vez para la próxima muchacha que recojan ustedes para sus experimentos.

HIGGINS. — (Muy ofendido y dolorido.) ¡Así es como piensas de nosotros!

ELISA. — Dejémonos de conversaciones. Lo que quiero saber es si algo de lo que llevo encima es mío. Al entrar yo aquí, mi ropa fue quemada.

HIGGINS. — Pero ¿qué importa? ¿A qué viene fastidiar con eso a estas horas?

ELISA. — Tengo que saber lo que puedo llevarme y lo que no. No quiero que luego me llamen ladrona.

HIGGINS. — (Nuevamente muy dolorido.) ¡Ladrona! Mujer, no hables así; no está bien.

ELISA. — Lo siento, pero no tengo más remedio que dejar las cosas perfectamente claras. No me hago ilusiones; sé que no soy nadie, y que no puede haber nada común entre una persona como usted y una muchacha vulgar e ignorante como yo. Dígame, pues, lo que me puedo llevar y lo que no.

HIGGINS. — (Muy enfadado.) Llévate, con mil demonios, toda la casa, si quieres. Excepto las joyas, que son alquiladas. ¿Estás satisfecha ahora? (Le vuelve la espalda y se marcha lleno de ira.)

ELISA. — (Complaciéndose en irritarle cada vez más.) Dispense un momento. (Se quita las joyas.) Lleve esto a su cuarto y guárdelo. No quiero que luego falte algo y se me eche la culpa a mí.

HIGGINS. —(Furioso.) Pues vengan. (Ella se las pone en la mano.) Si fueran mías en vez de ser del joyero, te las hacía tragar todas. (Se mete descuidadamente las joyas en los bolsillos, adornándose, sin saberlo, con las cadenas que cuelgan por fuera.)

ELISA. — (Quitándose una sortija.) Esta sortija no es del joyero, es la que compró usted en Brighton. Tome. (HIGGINS tira la sortija con violencia a la chimenea y se vuelve hacia ella tan amenazador, que ella se deja caer sobre el piano, tapándose la cara con las manos y gritando:) ¡No me pegue, no me pegue!

HIGGINS. — ¡Pegarte! Infame criatura, ¿cómo te atreves a creerme capaz de semejante acción? Tú eres la que me ha herido a mí en lo más profundo.

ELISA. — (Con alegría contenida.) Me alegro, me alegro; bastante me ha hecho sufrir a mí...

HIGGINS. — (Con calma y dignidad.) Muchacha, me sacaste de mis casillas, cosa que hasta ahora nunca me había sucedido. Ya basta. No prosigamos; me voy a la cama.

ELISA. — (Desvergonzada.) Bien; pero no estará de más dejar una nota para mistress Pearce tocante al desayuno, porque yo no le hablaré.

HIGGINS. — (Con concentrada rabia.) Que vaya al demonio mistress Pearce, y maldito sea el desayuno, y maldita tú, y maldito yo por haberme distraído de mis estudios ocupándome con una chicuela del arroyo, deslenguada y sin corazón. (Vase, dando un portazo tremendo. ELISA sonríe por primera vez. Luego expresa sus sentimientos con una viva pantomima, en la que la salida de HIGGINS se confunde con su propio triunfo, y finalmente, se tira de rodillas delante de la chimenea para buscar su sortija, y, al encontrarla, lanza una exclamación de alegría y la guarda en el pecho.)

TELÓN

ACTO QUINTO

Salón en casa de MISTRESS HIGGINS, quien está sentada ante su escritorio, como antes. Entra una DONCELLA.

DONCELLA. — (En la puerta.) Señora, abajo está míster Harry con el señor Pickering.

MISTRESS HIGGINS. — Bien, que suban.

DONCELLA. — Están telefoneando, si no estoy equivocada, a la Jefatura de Policía.

MISTRESS HIGGINS. — ¡Cómo!

DONCELLA. — (Entrando y bajando la voz.) Míster Harry está muy excitado, señora. Por eso me he permitido entrar para advertírselo.

MISTRESS HIGGINS. — No me choca en él. Tiene un genio imposible. Dígales que suban cuando concluyan de telefonear. Supongo que se le habrá perdido algo.

DONCELLA. — Bien, señora. (Vase.)

MISTRESS HIGGINS. — (Antes que la DONCELLA haya salido.) Oiga: vaya usted a mi gabinete y dígale a miss Doolitle que míster Harry y míster Pickering están aquí y que no entre hasta que yo le mande aviso.

DONCELLA. — Bien, señora. (HIGGINS entra precipitadamente. Está, como dijo la DONCELLA, muy excitado.)

HIGGINS. — Mira, mamá, esto es un fastidio.

MISTRESS HIGGINS. — Sí, hijo. Vamos; buenos días. (Él reprime su impaciencia y la besa, mientras la DONCELLA sale.) Cuéntame: ¿qué pasa?

HIGGINS. — Pues que Elisa ha desaparecido.

MISTRESS HIGGINS. — La habrás asustado.

HIGGINS. — ¡Asustarla yo! ¡Qué cosas tienes! Anoche la dejé encargada de apagar las luces y de otras menudencias; pero en vez de ir a la cama, como yo creía, se mudó de ropa y se fue de casa. Su cama está intacta. Luego se presentó en mi casa, en un coche de punto, a las siete de la mañana, para recoger sus cosas, y la idiota de mistress Pearce la dejó hacer, sin avisarme. ¿Qué tengo yo que hacer ahora?

MISTRESS HIGGINS. — Pues nada. La muchacha tiene derecho a vivir donde le parezca.

HIGGINS. — Pero a mí me trastorna eso horriblemente. No encuentro mis notas y apuntes, ni nada. Yo no sé... (PICKERING entra. MISTRESS HIGGINS deja la pluma sobre la mesa y se vuelve de espaldas al escritorio.)

PICKERING. — (Dándole la mano.) Buenos días, mistress Higgins. ¿Cómo está usted? Ya le habrá contado Enrique lo que pasa. (Se sienta en el sofá.)

HIGGINS. — ¿Qué dice ese animal de comisario? Le habrá ofrecido usted una gratificación.

MISTRESS HIGGINS. — (Levantándose muy asustada.) ¡Por Dios! Enrique, supongo que no se te habrá ocurrido lanzar a la Policía en busca de Elisa.

HIGGINS. — Claro que sí. ¿Para qué sirve la Policía, si no? No veo otro medio. (Se sienta en un sillón.)

PICKERING. — El comisario puso una infinidad de dificultades. Se me figura que nos atribuye propósitos algo equívocos.

MISTRESS HIGGINS. — No me extraña. ¿Qué derecho tienen ustedes a dar a la Policía el nombre de la chica, como si se tratase de una ladrona o de un paraguas perdido o cosa por el estilo? Vamos, señores, que ustedes no lo han pensado bien. (Se vuelve a sentar, muy contrariada.)

HIGGINS. — Pero necesitamos encontrarla.

PICKERING. — Comprenda usted, señora, que no podemos consentir que se vaya de esta manera. ¿Qué habíamos de hacer?

MISTRESS HIGGINS. — ¡Hombre! Parecen ustedes dos criaturas. Porque... (Entra la DONCELLA e interrumpe la conversación.)

DONCELLA. — Míster Harry, ahí hay un caballero que desea hablarle para un asunto particular. Dice que viene de su casa.

HIGGINS. — Ahora no estoy para nadie. ¿No ha dicho cómo se llama?

DONCELLA. — Dijo que era míster Doolitle.

HIGGINS. — ¡Míster Doolitle! ¿Es acaso un trapero?

DONCELLA. — No, señor; es un caballero.

HIGGINS—Oiga usted, Pickering: me da el corazón que será algún pariente de ella, a cuya casa habrá ido; algún desconocido para nosotros. (A la DONCELLA.) Dígale que pase, en seguida.

DONCELLA. — Voy, voy. (Vase.)

HIGGINS. — (Acercándose a su madre.) ¡Vaya con la parentela! A ver si ahora sabemos algo. (Se sienta en el sofá.)

MISTRESS HIGGINS. — ¿Conoces a alguien de su familia?

HIGGINS. — Sólo a su padre, aquel tipo del que te he hablado.

DONCELLA. — (Anunciando.) Míster Doolitle. (Se retira. Entra DOOLITLE muy bien trajeado. Lleva un elegantísimo chaqué negro, un chaleco blanco conmovedor y pantalones color avellana. En el ojal, una flor; un sombrero hongo flamante y botas de charol relucientes. Está tan preocupado con el asunto que le trae, que no repara en MISTRESS HIGGINS y va derecho a MÍSTER HIGGINS, dirigiéndose a él con vehemente acento.)

DOOLITLE. — (Señalándose, con amplio ademán.) Mire usted aquí. ¿Ve usted esto? Pues el autor de ello es usted.

HIGGINS. — ¿El autor de qué?

DOOLITLE. — ¿Ve usted? Este chaleco, esta cadena, estas sortijas, este calzado, este chaqué...

HIGGINS. — Ya veo. Elisa le habrá comprado ropa.

DOOLITLE. — ¿Qué Elisa ni qué ocho cuartos? ¿Por qué había ella de comprarme ropa?

MISTRESS HIGGINS. — Buenos días, míster Doolitle. ¿Quiere usted tomar asiento?

DOOLITLE. — (Cohibido, al ver que ha cometido una indiscreción.) Dispense usted, señora; estaba tan distraído que no reparé en usted. ¿Cómo sigue usted y la familia? Con su permiso. (Se sienta en el sofá.) Estoy loco con lo que me ha pasado.

HIGGINS. — Pero ¿qué demonios le ha pasado a usted?

DOOLITLE. — Calle, hombre, calle; no es para menos. Que le toque a uno la lotería o le coja a uno un tranvía, no tiene mayormente nada de particular. ¡Pero esto, esto, vamos! Y usted tiene la culpa de todo.

HIGGINS. — Pero desembuche de una vez, hombre de Dios. ¿Es que ha encontrado usted a Elisa?

DOOLITLE. — ¡Otra! Pero ¿es que se ha perdido?

MISTRESS HIGGINS. — Díganos: ¿de qué tiene mi hijo la culpa?

DOOLITLE. — Sí, señora, como suena. Tiene la culpa de la pérdida de mi felicidad.

MISTRESS HIGGINS. — ¿Cómo es eso?

HIGGINS. — Usted está chiflado... o borracho. Le di a usted cinco libras para que se divirtiera. Luego me pegó usted otros dos sablazos de a libra, y son las tres únicas veces que le eché la vista encima.

DOOLITLE. — Yo no estoy loco ni borracho, y sé lo que me digo. A ver: ¿no se carteaba usted con un viejo americano, chiflado, que daba cinco millones de libras esterlinas para fundar sociedades de reforma moral, y le había encargado a usted inventar un lenguaje universal?

HIGGINS. — ¡Ah, el señor Ezra Wannafeller! Pues murió. (Se vuelve a sentar, despreocupado.)

DOOLITLE. — Sí, se murió y a mí me mató.

HIGGINS. — No comprendo.

DOOLITLE. — ¿Es verdad o no es verdad que un día le escribió usted a ese buen señor que el moralista más original que existía actualmente en Inglaterra, por cuanto sabía usted, era Alfredo Doolitle, un simple barrendero?

HIGGINS. — Hombre, es verdad, no puedo negarlo. Ahora recuerdo que después de la última conversación que sostuvimos usted y yo me permití gastarle a ese señor esa bromita.

DOOLITLE. — ¡Ah! Llama usted a eso una bromita; pues yo le llamo una broma pesada. Aquel caballero vio en ello una magnífica ocasión para demostrar que los del Nuevo Mundo no son como nosotros, y saben reconocer y premiar el mérito en todas las clases sociales, por humildes que sean. Y, ¡zas!, en su testamento me dejó una manda que representa una renta de tres mil libras, con la condición de que yo funde aquí una liga de reformas morales y pronuncie seis veces al año discursos de propaganda. Le digo a usted que me ha reventado.

HIGGINS. — (Riéndose.) Diga usted que le han cazado con liga. De todos modos, tiene gracia la cosa.

DOOLITLE. — Pues a mí me hace muy poca. No es que me asuste el pronunciar discursos. Como no entiendo una jota del asunto, tengo probabilidades muy grandes de tratarlo con gran elocuencia. Lo que me horroriza es haber llegado a ser un caballero. ¡Ay, lo que supone eso! Antes yo era libre y dichoso. Cuando me hacía falta dinero, sableaba a cualquiera, como le sableé a usted, míster Higgins. Ahora soy yo el sableado. Desde que se sabe lo que me aconteció, todo el mundo me viene con peticiones. ¡Cómo cambian los tiempos! Antes, cuando estaba enfermo, los médicos se daban prisa en darme de alta y echarme del hospital. Ahora dicen que no puedo disfrutar de buena salud si no me examinan a diario. En mi casa ya no me dejan poner la mano en nada. Están acechándome para quitarme cualquier trabajo, claro que con su cuenta y razón. No creí nunca que había tantos gorrones en el mundo. Hace poco no tenía ni un solo pariente en el mundo, con excepción de dos o tres lejanos, que no querían trato alguno conmigo. Ahora tengo parientes por docenas, todos muy amables y muy cariñosos... y muy necesitados. Los lazos de la familia, ¡qué dulces son! A propósito: ¿no dijo usted antes que se le había perdido Elisa? No se apure; apostaría a que a estas horas está llamando en mi casa a ver si su querido padre hace algo por ella. Antes, claro está, no me necesitaba para nada. Pero, en fin, vamos al grano. Yo a lo que he venido es a ver si me enseña a hablar correctamente. Ahora que soy un caballero, tengo que aprender la lengua de la gente fina. ¡A mis años, parece mentira! Y todo por culpa de usted. Si no es por la maldita carta que se le ocurrió escribir...

MISTRESS HIGGINS. — Pero, míster Doolitle, si tanto le pesa ese legado, nadie puede obligarle a aceptarlo. Puede usted renunciar a él, ¿no es así, Pickering?

PICKERING. — ¡Quién lo duda!

DOOLITLE. — Eso se dice fácilmente, señora; pero yo no tengo la suficiente energía. ¿Quién de nosotros la tendría? El dinero a todos avasalla. Si rechazo el legado, ¿qué me espera en la vejez sino el hospital, cuando más? Si yo, durante mi vida, hubiese sido un hombre ahorrador, claro que ahora podría permitirme el lujo de rechazar esta herencia... Pero entonces tampoco lo haría, porque, total, un millonario no es más desgraciado que un pobre que ahorra y se priva de todo. El caso es que, de todos modos, está uno hecho la pascua; y dispense usted, señora, que en mi caso creo que hablaría usted lo mismo. Hay que escoger entre fastidiarse como rico o fastidiarse como pobre. Yo, la verdad, digo: el hospicio no me atrae. Estoy avasallado, me dejo llevar. Otro vendrá, más feliz que yo, y cogerá mi puesto de barrendero, y me dará envidia. ¡Qué le vamos a hacer!

MISTRESS HIGGINS. — Me llego a temer, Doolitle, que en medio de sus tribulaciones no conserve su sano juicio ni piense en el porvenir. Tiene usted una hija, y ahora puede usted procurar por ella.

DOOLITLE. — Sí, señora; ya procurará ella que yo procure. Buena es la nena para descuidarse.

HIGGINS. — (Levantándose bruscamente.) Está usted diciendo tonterías. No tiene usted que procurar por ella, no debe. No le pertenece. Yo pagué por ella cinco libras. Míster Doolitle, ¿es usted un hombre honrado o un granuja?

DOOLITLE. — Hombre, mitad y mitad... Como todo el mundo.

HIGGINS. — Usted recibió el dinero por la chica y perdió sus derechos.

MISTRESS HIGGINS. — No seas absurdo, Enrique. Si quieres saber dónde está Elisa, está aquí, en casa, en mi gabinete.

HIGGINS. — (Atónito.) ¡Aquí, en casa! ¡En tu gabinete! Haberlo dicho antes. Ya la haré yo venir. (Va resueltamente hacia la puerta.)

MISTRESS HIGGINS. — (Siguiéndole con presteza.) Enrique, hazme el favor; siéntate y estate quieto.

HIGGINS. — Bueno, bueno. (Se tira displicente en el sofá, con la cara vuelta hacia la ventana.) Yo creo que podías haberme dicho eso hace media hora.

MISTRESS HIGGINS. — Pues bien: Elisa vino aquí esta mañana. Según pude colegir, pasó parte de la noche andando por ahí, presa de rabia y desesperación, y pensando arrojarse al río, y el resto en el hotel Carlton. Me contó de qué modo brutal la tratan ustedes.

HIGGINS. — (Poniéndose otra vez en pie, con violencia.) ¿Qué?

PICKERING. — (Levantándose también.) Señora, dispénseme; a usted la ha engañado. No la tratamos brutalmente. Nunca le hemos dicho una palabra brusca. Siempre hemos tenido para con ella toda clase de miramientos. (Dirigiéndose a HIGGINS.) Supongo que después de acostarme yo no la regañaría usted.

HIGGINS. — Yo, nada. En cambio, ella me tiró mis zapatillas, se puso como una furia. Las zapatillas, ¡cataplum!, vinieron a mi cara antes de soltar yo una palabra, y echó por su boca toda clase de improperios.

PICKERING. — (Atónito.) Pero ¿cómo es eso? ¿Qué le hemos hecho?

MISTRESS HIGGINS. — Yo creo adivinarlo. Se me figura que la muchacha tiene un carácter cariñoso. ¿No es así, míster Doolitle?

DOOLITLE. — Sí señora; tiene el corazón muy tierno. En eso ha salido a mí.

MISTRESS HIGGINS. — Pues, nada, les ha tomado afecto. Trabajó mucho por ti, Enrique. Ustedes no se dan cuenta del trabajo que supone una transformación tan completa como la que se efectuó con esa chica. Después de pasar por la prueba definitiva con tan extraordinario éxito, no se les ocurrió dirigirle la más ligera alabanza, sino que en su presencia dijeron lo mucho que les había aburrido el experimento y lo contentos que estaban de que ya se hubiera acabado. Y luego te sorprende que te tirara las zapatillas. Yo les hubiera tirado las tenazas y los morillos.

HIGGINS. — No dijimos más que estábamos cansados y que deseábamos ir a la cama. ¿No es verdad, Pickering?

PICKERING. — (Encogiéndose de hombros.) Claro, hombre.

MISTRESS HIGGINS. — (Irónica.) ¿Nada más?

PICKERING. — Nada más, señora.

MISTRESS HIGGINS. — ¿No le dijeron que lo había hecho bien? ¿No le expresaron su admiración?

HIGGINS. — Eso ya lo sabía ella. ¿Para qué largos discursos?

PICKERING. — (Con algún remordimiento.) En realidad, estuvimos algo desconsiderados. ¿Está muy enfadada?

MISTRESS HIGGINS. — (Volviendo a su silla del escritorio.) ¿Que si está? Me temo que no vuelva a pisar la casa de ustedes. Sobre todo ahora, que míster Doolitle está en una posición que le permite darle el lujo a que la han acostumbrado ustedes. Sin embargo, dice que está dispuesta a perdonarlos y a tratarlos amistosamente cuando los encuentre.

HIGGINS. — (Furioso.) ¡Habrase visto! ¡Vamos!

MISTRESS HIGGINS. — Si te reportas, Enrique, y me prometes guardarle todos los debidos respetos, le mandaré recado para que se presente. Si no, lo mejor será que no se vuelvan a ver.

HIGGINS. — ¡Oh! Muy bien, muy bien, Pickering. Repórtese y trate con el mayor respeto a esa pindonga que hemos recogido en el lodo. (Se deja caer enfadado en una silla.)

DOOLITLE. — (Reconviniéndole.) Hombre, hombre, no tanto. Eso del lodo me parece un poco fuerte. No olvide que ahora pertenezco a la clase pudiente.

MISTRESS HIGGINS. — Cuidado con las palabras que se dicen, Enrique. (Oprime el timbre eléctrico del escritorio.) Míster Doolitle, ¿quiere usted hacer el favor de retirarse al balcón un momento? No quisiera que Elisa experimentara la sorpresa que le ha de producir su metamorfosis antes que se haya explicado con estos dos caballeros. Dispense.

DOOLITLE. — Con mucho gusto, señora. Haré todo lo que se quiera con tal de quitarme de encima a la niña. (Entra en el balcón. La DONCELLA acude a la llamada del timbre.

PICKERING se sienta en la silla dejada vacante por DOOLITLE.)

MISTRESS HIGGINS. — Dígale a miss Doolitle que haga el favor de bajar.

DONCELLA. — Voy, señora.

MISTRESS HIGGINS. — Ahora, Enrique, sé bueno.

HIGGINS. — Me portaré muy bien, descuida.

PICKERING. — Creo, señora, que no llegará la sangre al río. (Una pausa. HIGGINS se echa para atrás, en el respaldo, con las manos en los bolsillos y las piernas extendidas, y empieza a silbar.)

MISTRESS HIGGINS. — Querido, no tienes aspecto de persona muy agradable en esa actitud.

HIGGINS. — (Sentándose correctamente.) Mamá, yo no tengo empeño en parecerle amable.

MISTRESS HIGGINS. — Bueno, no importa. Lo he dicho para hacerte hablar.

HIGGINS. — No comprendo.

MISTRESS HIGGINS. — Pues porque no puedes silbar cuando hablas. (HIGGINS gruñe. Otra pausa.)

HIGGINS. — ¿Dónde, caramba, está esa mequetrefe? ¿Vamos a esperarla todo el día? (Entra ELISA, alegre, dueña de sí misma, con aplomo extraordinario. Trae entre manos una canastilla de labores y está como en su casa. PICKERING se queda tan sorprendido, que, sin moverse de su silla, la mira con la boca abierta.)

ELISA. — ¡Hola, míster Higgins! ¿Cómo está usted? ¿Ha pasado buena noche?

HIGGINS. — (Tragando saliva, como ahogándose.) Que si he pasado...

ELISA. — Claro, usted siempre duerme perfectamente. ¡Cuánto me alegro, míster Pickering, de verle por aquí! (Él se levanta apresuradamente y se dan la mano.) Vaya un calorcito que está haciendo, ¿verdad? (Se sienta en el sofá junto al sitio que él ocupara. Él se sienta nuevamente.)

HIGGINS. — Guárdate para otra ocasión todas esas lecciones que has aprendido de mí. Vente con nosotros a casa y no te metas en más músicas. (ELISA saca de su canastilla una labor y empieza a bordar como si no hubiese oído estas últimas palabras.)

MISTRESS HIGGINS. — Muy bien dicho, Enrique. Ninguna mujer podrá negarse a tan fina invitación.

HIGGINS. — Tú déjala, mamá, que hable por sí sola. Ya verás si tiene una sola idea que no haya metido yo en su cabeza o si dice una palabra que no haya puesto yo en su boca. Cuando te digo que soy yo el autor de esto que ves ahora, y antes era una partícula de hez de Covent Garden... Lo que me hace gracia es que ahora quiere dársela de gran señora delante de mí.

ELISA. — (Trabajando con ahínco y aparentando no hacer caso de lo que dice HIGGINS.) ¿Tampoco usted, señor Pickering, querrá ya trato conmigo, ahora que se terminó el experimento?

PICKERING. — ¡Por Dios, Elisa, no hable usted así! Me ofende el que lo llame experimento.

ELISA. — Como no soy más que una partícula de la hez...

PICKERING. — (Impulsivo.) ¡Eso, no!

ELISA. — (Prosiguiendo con calma.) Pero tantos favores le debo, señor coronel, que sentiría mucho que usted me olvidara del todo.

PICKERING. — ¿Yo olvidarla? Nunca.

ELISA. — No lo digo porque usted haya pagado mis trajes. Sé que usted es generoso con todo el mundo. Lo que quiero decir es que de usted fue de quien aprendí modales finos y a ser señora. Si sólo hubiera tenido delante los ejemplos del señor Higgins, no sé lo que hubiese resultado. Me crie para haber tenido modales iguales a los suyos; era incapaz de dominarme a mí misma y soltaba palabras feas a troche y moche. Nunca hubiera sabido que la gente bien educada no se porta así, de no haberlos visto.

HIGGINS. — ¡Vamos!

PICKERING. — No haga usted caso; es así su manera de ser; pero no tiene mal fondo, dice las cosas sin intención.

ELISA. — ¡Oh! Yo tampoco decía las cosas con intención cuando era florista ambulante. Pero las decía, y es lo que hace la diferencia entre una persona bien educada y otra mal educada.

PICKERING. — Bueno; pero, de todos modos, no negará usted que Higgins le enseñó a usted a hablar con propiedad, cosa que yo no podría haber hecho.

ELISA. — Naturalmente, como que es la profesión de míster Higgins.

HIGGINS. — (Tascando el freno.) ¡Demonios!

ELISA. — Es lo mismo que enseñar los bailes de moda. No hubo más. Pero ¿sabe usted lo que inició mi verdadera educación?

PICKERING. — ¿Qué?

ELISA. — (Interrumpiendo su labor por un momento.) Fue el llamarme usted señorita el primer día que me instalé en casa de ustedes. Esto fue el principio del respeto a mí misma. (Reanudando su labor.) Y luego fueron cien cosas pequeñas en que usted no se fijaba porque le eran naturales, como el quitarse el sombrero en la habitación, saludar al entrar y dejarme la derecha al cruzarse conmigo en el pasillo.

PICKERING. — ¡Por Dios! Eso es natural.

ELISA. — En fin, cosas que demostraban que usted me consideraba un poco más que a una fregona, aunque creo que usted se hubiera portado lo mismo con una fregona desde el momento que a ésta la hubiera admitido en el salón. Nunca, estando yo presente, se quitó usted las botas en el comedor.

PICKERING. — No haga usted caso. Higgins se quita las botas en cualquier sitio.

ELISA. — Ya lo sé. No me quejo de ello. Es su manera de ser, claro. Pero, para mí, constituía una diferencia muy grande el que usted no lo hiciera. La verdad, mire usted: fuera de las cosas que cualquiera pueda aprender en un periquete, el vestir, el modo de hablar, etcétera, la diferencia entre una dama y una mujer del arroyo no está tanto en cómo se porta..., sino en cómo es tratada. Para el señor Higgins, yo siempre seré una mujer de la calle; pero para usted podré ser una dama, porque siempre me ha tratado y me tratará como a una dama.

MISTRESS HIGGINS. — (A su hijo, que hace crujir la silla por su modo de impacientarse.) No me rompas la silla, Enrique.

PICKERING. — Favor que usted me hace, señorita.

ELISA. — Me gustaría que usted me llamara Elisa.

PICKERING. — Como usted quiera.

ELISA. — Y que el señor Higgins me llamara señorita.

HIGGINS. — ¡Como no te untes!

MISTRESS HIGGINS. — ¡Por Dios, Enrique, no seas incorregible!

PICKERING. — (Riendo.) ¿Por qué no le contesta usted en el mismo lenguaje? Le estará bien empleado.

ELISA. — No puedo. Parece mentira, no acierto ya. La noche pasada tropecé con una muchacha, antigua conocida, y traté de hablarle en la lengua del arroyo; pues no me fue posible. Se quedó con la boca abierta, sin comprenderme. Usted me dijo una vez que, cuando a un niño se le traslada a un país extranjero, en pocas semanas aprende la lengua de dicho país y olvida la suya. Pues a mí me ha pasado algo de eso. Para mí el país extranjero fue mi nuevo ambiente. Olvidé mi antiguo lenguaje, y sólo hablo ya el de ustedes. Tal vez al poco de dejarlos...

PICKERING. — (Muy alarmado.) Pero, ¡cómo!, supongo que volverá con nosotros a casa. Perdonará usted a Higgins.

HIGGINS. — (Levantándose.) ¡Perdonarme ella, vamos! Ya me va a mí jorobando este asunto. Déjela usted que se vaya con viento fresco. Que vuelva al arroyo, del que jamás debiera haber salido. (DOOLITLE aparece saliendo del balcón del centro. Con una mirada de orgulloso reproche a HIGGINS, se acerca despacio y silenciosamente a su hija, la que, vuelta de espaldas, no advierte su presencia.)

PICKERING. — No haga usted caso, Elisa. Él mismo sabe que no es verdad lo que dice.

ELISA. — No, no he de volver al arroyo. He aprendido demasiado bien su lección. Creo que me sería imposible emitir una sola voz de las del arroyo. (DOOLITLE la toca en el hombro. Ella se queda parada y pierde todo el dominio al ver el esplendor de su padre.) ¡Anda Dios, aaaayyyyy!

HIGGINS. — (Con un suspiro de triunfo.) ¡Ah, ya! (Imitando perfectamente.) ¡Anda Dios, aaaayyyyy!... Lo dicho: la cabra siempre tira al monte. (Se sienta sonriendo sardónicamente.)

DOOLITLE. — No desprecie usted a la chica, que vale más que otras. (A ELISA.) No me mires así, Elisa. No es culpa mía si he venido a más.

ELISA. — Por lo visto, has sableado a un millonario.

DOOLITLE. — Cierto. Además, has de saber que éste es mi traje de boda.

Dentro de una hora estaré en la iglesia de San Pablo para unirme en matrimonio con tu madrastra.

ELISA. — (Enfadada.) Pero ¿es verdad? ¿Te vas a rebajar hasta casarte con esa mujer ordinariota?

PICKERING. — Es su deber, Elisa. (A DOOLITLE.) ¿De modo que la señora ha cambiado de ideas? ¿También se ha dejado avasallar?

DOOLITLE. — También se ha dejado avasallar. ¡Ah! La moralidad de la clase pudiente pide sus víctimas. Ponte el sombrero, Elisa, vente conmigo si quieres presenciar el sacrificio.

ELISA. — Si el señor coronel cree que es mi obligación, iré y me aguantaré, aunque milagro será que no tenga que oír algo desagradable.

DOOLITLE. — No tengas cuidado. Ya no suelta palabrotas la pobre mujer; desde que ha ingresado en la escuela burguesa se le han quitado los bríos.

PICKERING. — (Oprimiendo suavemente el codo de ELISA.) Sea usted amable con ellos, Elisa, que será lo mejor.

ELISA. — (Sonriendo, a pesar de la molestia que le causa el asunto.) Bien; para que vean que no soy rencorosa. En cuanto termine la ceremonia, me tienen ustedes aquí. (Vase.)

DOOLITLE. — (Sentándose al lado de PICKERING.) Señor coronel, debo confesar que esa ceremonia me inspira un miedo cerval, digámoslo así. Si usted fuera tan amable de acompañarme, me daría ánimo.

PICKERING. — Pero, hombre, no es la primera vez. Se casó usted con la madre de Elisa.

DOOLITLE. — ¿Quién se lo ha dicho a usted?

PICKERING. — Nadie; pero yo creí...

DOOLITLE. — Pues mal creído, señor coronel. Esas son costumbres burguesas. En la clase baja, las uniones se hacen con menos complicaciones. Pero no diga nada a Elisa. Ella lo ignora, y yo siempre he tenido algún reparo en decírselo.

PICKERING. — Está bien, descuide.

DOOLITLE. — ¿Y me hará usted el favor de asistir a la bendición de mi matrimonio?

PICKERING. — Tendré el gusto... en cuanto cabe en un solterón.

MISTRESS HIGGINS. — Yo también iré, míster Doolitle.

DOOLITLE. — Para mí será un honor muy grande, señora. También mi pobrecita mujer se alegrará mucho. Está tan abatida pensando en que ya se acabaron los buenos tiempos...

MISTRESS HIGGINS. — (Levantándose.) Pues voy a pedir el coche y a vestirme. (Los hombres se levantan, menos HIGGINS.) En menos de un cuarto de hora estaré lista. (En el momento de salir ella entra ELISA, con el sombrero puesto y abrochando sus guantes.) Elisa, voy yo también a la iglesia para presenciar la boda de su padre. Podrá usted ir conmigo en mi coche. El señor Pickering podrá tomar otro para acompañar al novio. (MISTRESS HIGGINS sale. ELISA avanza hacia el centro de la habitación y se acerca al sofá. PICKERING se acerca a ella.)

DOOLITLE. — ¡El novio! ¡Qué palabra! Pero me recuerda mi situación. (Coge su sombrero y va hacia la puerta.)

PICKERING. — Antes que me vaya, Elisa, perdónale y vuelve a nuestra casa.

ELISA. — No creo que mi padre me lo permita. ¿Qué dices, papá?

DOOLITLE. — (Melancólico, pero magnánimo.) Esos dos caballeros, Elisa, han andado muy listos contigo. Si es uno solo, no hay duda, le enganchas. Pero dos, ya es otra cosa. El uno preservó al otro. (A PICKERING.) Ustedes lo entendieron. En cambio, a mí me enganchó una hembra tras otra. En fin, ustedes verán cómo se las arreglan con la chica. Yo me lavo las manos. Vámonos, que ya es hora. (Vase.)

PICKERING. — (Insistiendo.) No seas tonta, Elisa, y vuelve con nosotros. (Sale detrás de DOOLITLE. ELISA sale al balcón con objeto de evitar estar a solas con HIGGINS. Él se levanta y la sigue. Ella inmediatamente vuelve adentro de la habitación y se dirige a la puerta; pero él le coge la delantera y le cierra el paso.)

HIGGINS. — Vamos, mujer, no dirás que no te han dado satisfacción. Supongo que ya basta y vas a tener juicio.

ELISA. — Usted quiere que yo vuelva a su casa para tener usted quien le presente las zapatillas y le tenga las cosas arregladas.

HIGGINS. — Si yo no he dicho que vuelvas a mi casa.

ELISA. — ¿Que no? Pues entonces, ¿de qué estamos hablando?

HIGGINS. — Estamos hablando de ti, no de mí. Si vuelves a mi casa, de lo que me alegraré, te trataré lo mismo que siempre. No puedo cambiar mi naturaleza y no pienso enmendar mis maneras. Mis maneras son exactamente las mismas que las del coronel Pickering.

ELISA. — ¡Eso sí que no! Él trata a una florista corro si fuera una duquesa.

HIGGINS. — Yo trato a una duquesa como si fuera una florista.

ELISA. — Ya lo creo. (Se vuelve de espaldas con altanería y se sienta en el sofá, de frente al balcón.) Lo mismo a todo el mundo.

HIGGINS. — Exactamente.

ELISA. — Como papá.

HIGGINS. — (Algo cohibido, con una sonrisa forzada.) Sin admitir la comparación en todos sus extremos, Elisa, no puedo negar que tu padre no es un hombre vulgar, y que sabrá manejárselas perfectamente en cualquier posición que se encuentre. (Serio.) El gran secreto, Elisa, no consiste en tener buenos o malos modales o cualquier clase particular de modales, sino en tratar del mismo modo a todas las almas hermanas; en una palabra: hay que portarse como si uno estuviese en el cielo, donde no hay vagones de tercera ni reservados, y en donde un alma es tanto como la otra.

ELISA. — Amén. Usted ha nacido para predicador.

HIGGINS. — (Irritado.) La cuestión no es si te trato así o asá, sino si me has visto alguna vez tratar a otra persona de distinto modo.

ELISA. — (Con súbita sinceridad.) Pues, oiga, no me importa nada su trato ni me importan sus palabrotas y sus maneras. Estoy curada de espantos, pero (Levantándose y encarándose con él.) no quiero ser un cero a la izquierda.

HIGGINS. — Entonces, lo mejor será que nos separemos, porque yo no quiero hacer una excepción con nadie.

ELISA. — Pues yo también puedo pasarme sin usted perfectamente.

HIGGINS. — No lo dudo; yo mismo te lo dije.

ELISA. — (Ofendida, yendo hacia el otro extremo del sofá, con la cara vuelta hacia la chimenea.) Ya me lo figuraba. Lo que usted quiere es deshacerse de mí cuanto antes.

HIGGINS. — (Violento.) ¡Mentira!

ELISA. — Gracias. (Se sonríe con cierta satisfacción.)

HIGGINS. — Supongo que nunca te habrás preguntado si yo puedo pasarme sin ti.

ELISA. — (Seria.) No perdamos el tiempo en palabras inútiles. A la fuerza tendrá que pasarse sin mí.

HIGGINS. — (Arrogante.) Yo puedo pasarme sin cualquiera. Tengo mi alma propia y me basto a mí mismo, pero (Con súbita humildad.) te echaré de menos, Elisa. (Se sienta en el sofá, muy junto a ella.) Algo de tus ideas simples se me ha pegado, lo confieso. Y me he ido acostumbrando a tu voz y a tu presencia... Y las dos me agradan. (Cogiéndole una mano.)

ELISA. — (Retirando la mano.) Pues las dos las tiene usted en su gramófono y en sus placas fotográficas. Cuando me eche de menos, pone usted la máquina en movimiento y abre usted su álbum.

HIGGINS. — Sí; pero no podré evocar tu alma. Faltará tu aliento...

ELISA. — ¡Oh! Usted es un demonio. Puede estrujar el corazón de una mujer como si fuera un trapo. No le importa nada ni nadie. ¿Qué soy yo para usted?

HIGGINS. — A mí me importa la vida universal, la Humanidad, y tú eres una parte de ella, que la suerte ha traído a mi casa. ¿Qué más puedes pedir?

ELISA. — Pues yo no puedo querer a quien no me quiere.

HIGGINS. — Esos son principios comerciales, hija mía. Doy tanto para recibir tanto, y procuro que la ventaja sea para mí. ¿Es eso?

ELISA. — No hay nada que sea de balde.

HIGGINS. — Pues yo no quiero comerciar en cosas del cariño. Tú te indignas porque no te concedo algún derecho sobre mí por traerme las zapatillas y encontrar mis lentes. Eres una imbécil. Una mujer trayendo las zapatillas a un hombre no tiene nada de airosa. Subiste bastante en mi estimación cuando me las tiraste a la cara. Es inútil ser mi esclava y luego aspirar a mi aprecio. ¿Quién da importancia a una esclava? Si vuelves a mi casa, hazlo por nuestra buena amistad, y no quieras echar a perder mi creación de una duquesita, Elisa.

ELISA. — ¿Que más da, si yo no le importo nada?

HIGGINS. — (Cordial.) No quiero que nadie estropee mi obra maestra.

ELISA. — ¿Y no le preocupa el trastorno que ello podrá causarme a mí?

HIGGINS. — ¡Ay hija! El mundo no hubiera sido creado si su Hacedor hubiese temido causar trastornos. Sólo hay un medio de evitar trastornos, y consiste en matar lo que estorba. Sólo los cobardes se asustan de remover obstáculos.

ELISA. — Yo no entiendo de eso; yo no sé predicar ni me fijo en las cosas de esa manera... Yo sólo me doy cuenta de que usted no repara en mí.

HIGGINS. — (Brusco e intolerante, paseándose.) Elisa, eres una simple.

He malgastado los tesoros de mi ingenio olímpico al derramarlos sobre ti. Entiende una vez para siempre que yo sigo mi camino y trabajo en mi obra, sin preocuparme un ápice por lo que pueda acontecer ni a ti ni a mí. No estoy avasallado, como tu padre y tu madrastra. Así, pues, tú puedes volver a mi casa, si quieres, y si no, irte al demonio.

ELISA. — ¿Por qué había yo de volver?

HIGGINS. — (Poniéndose bruscamente de rodillas en el sofá e inclinándose sobre ELISA.) Porque sí... porque a mí me hace gracia.

ELISA. — (Volviendo la cara al otro lado.) ... Y luego, si no hago todo lo que quiere usted, me echará a la calle.

HIGGINS. — Sí, hija, y podrás marcharte si yo no hago lo que tú quieras.

ELISA. — Y tendré que ir a vivir con mi madrastra.

HIGGINS. — ¡Claro! Y si no, podrás volver a vender flores.

ELISA. — ¡Ojalá pudiese volver a mis flores! Sería independiente de los dos, de usted y de mi padre, y de todo el mundo. ¿Por qué me quitó usted mi independencia? ¿Por qué me la dejaría yo? Ahora soy una esclava bonitamente vestida.

HIGGINS. — Nada de eso. Si quieres, te adoptaré como hija y te adoraré. ¿O preferirías casarte con Pickering?

ELISA. — (Mirándole fieramente.) ¿Casarme yo con Pickering? ¡Ni que me hubiese vuelto demente!

HIGGINS. — (Con suavidad.) ¿Demente?

ELISA. — (Perdiendo la paciencia y levantándose.) Hablo como me da la gana. Ya no es usted mi profesor.

HIGGINS. — (Reflexivo.) Además, no creo que Pickering quisiera. Es un solterón empedernido como yo.

ELISA. — Me tiene sin cuidado. No falta quien quiera casarse conmigo. Sin ir más lejos, Freddy Eynsford está muerto por mí y me lo escribe dos o tres veces al día.

HIGGINS. — (Desagradablemente sorprendido.) ¡El mamarracho aquel! (Retrocede, y resulta que, en vez de estar sentado en el sofá, está de cuclillas.)

ELISA. — Tiene perfecto derecho a ello el pobre muchacho, si le parezco bien. Y me quiere de verdad.

HIGGINS. — (Levantándose.) No debes darle esperanzas.

ELISA. — Toda mujer tiene derecho de ser amada.

HIGGINS. — ¡Pero no por un mamarracho!

ELISA. — Freddy no es un mamarracho. Es débil y pobre y me necesita, y seguramente me hará más feliz que uno que sea más que yo y me trate con dureza porque no me necesita.

HIGGINS. — ¿Podrá hacer algo por ti? Esta es la cuestión.

ELISA. — Tal vez pueda yo hacer algo de él. Pero yo nunca he pensado en hacer algo de alguien, y usted no piensa en otra cosa. Yo soy como Dios me hizo.

HIGGINS. — En resumidas cuentas: quisieras que yo estuviese tan encaprichado de ti como Freddy. ¿No es eso?

ELISA. — No es así como yo desearía verle a usted. Pero (Muy turbada.) no lo he de negar... Sí me gustaría un poco de consideración, algo de cariño.

HIGGINS. — Eso es natural. Ese cariño ya se te tiene, Elisa; eres una tonta.

ELISA. — Esa no es contestación. (Se deja caer en la silla, delante del escritorio, y estalla en llanto.)

HIGGINS. — Sigue la tontería. Mira: en verdad te digo que, si quieres hacerte una señora de verdad, lo que yo llamo una señora, tienes que dejar de sentirte postergada si los hombres que conoces no pasan la mitad del tiempo en verter lágrimas amorosas sobre ti y la otra mitad en darte bofetadas. Si no puedes apreciar el fondo de mi carácter, si te mata la frialdad de mi alma, anda y vuelve al arroyo. Trabaja hasta que te parezcas más a una bestia de carga que a un ser humano, y entonces ama y riñe y emborráchate hasta quedarte dormida. Eso es lo real, lo cálido, lo vibrante: penetra hasta por las epidermis más espesas y lo puedes disfrutar y saborear sin educación especial ni esfuerzo. A mí me encuentras frío, egoísta, apático, sin sentimiento, ¿verdad? Pues bien: busca quien sea como a ti te gusta. Cásate con algún memo sentimental, o con uno que tenga mucho dinero, un par de gruesos labios para besarte y un par de buenos puños para vapulearte. Si no puedes apreciar lo que tienes, es mejor que tengas lo que puedes apreciar.

ELISA. — ¡Para qué voy a discutir con usted! Siempre salgo perdiendo. Pero bien sabe que no tiene razón y habla por hablar. Bien sabe que no puedo volver al arroyo, como usted lo llama. Bien sabe que yo no podría acostumbrarme a vivir con un hombre ordinario y brutal. Por lo demás, aunque yo no tuviese a mi padre, y aunque no pudiese ya contar con el apoyo de usted y del señor Pickering, no tendría "que volver a ser florista. Podré casarme con Freddy en cuanto él tenga un destino.

HIGGINS. — (Sentándose a su lado.) No digas sandeces, chiquilla. Tú debes casarte con un embajador, o con el gobernador de la India o el virrey de Irlanda; con cualquiera que necesite una diplomática y una reina. Pero no con Freddy. ¡No faltaba más!

ELISA. — Ahora quiere usted halagarme, pero a mí no se me olvida lo que ha dicho un momento antes. Me trata usted como si fuera una criatura. Pierde el tiempo. Si no puedo encontrar cariño, quiero al menos tener independencia.

HIGGINS. — ¡Independencia!... ¡Ay hija mía!... ¿Qué ilusiones son ésas? Todos dependemos los unos de los otros; todos, sin excepción.

ELISA. — (Levantándose resuelta.) Yo, al menos, no tengo que depender de usted. Si usted sabe predicar, yo sé enseñar. Me dedicaré a enseñar.

HIGGINS. — ¿Y qué enseñarás, en nombre del cielo?

ELISA. — Lo que usted me enseñó. Fonética.

HIGGINS. — ¿A...? ¡Qué gracia! ¡Ja, ja, ja!

ELISA. — Me ofreceré como auxiliar al profesor Nepean.

HIGGINS. — (Levantándose furioso.) ¿Qué dices? ¿A aquel impostor, a aquel charlatán, a aquel ignorante? ¿Quieres revelarle mis métodos, mis descubrimientos? Atrévete a repetirlo y te retuerzo el pescuezo. (Le pone la mano alrededor del cuello.) ¿Oyes lo que digo?

ELISA. — (Desafiándole, sin oponer resistencia.) Adelante; ya me lo había figurado. Ya sabía yo que algún día llegaría a pegarme. (HIGGINS la suelta, pateando de rabia por haberse dejado llevar de su carácter, y se echa hacia atrás en su asiento.) ¡Ah, ya sé cómo habérmelas con usted! ¡Qué tonta he sido en no caer en ello antes! Usted no me puede quitar lo enseñado. Confiesa que tengo un oído más fino que el suyo. Además, yo sé tratar con la gente, y usted, no. Ya verá cómo me manejo. Por de pronto, voy a anunciar en la Prensa que aquella duquesita presentada por usted en la alta sociedad no es sino una florista enseñada por su método, y que, a su vez, ella enseña a cualquier muchacha a presentarse del mismo modo. Estoy segura de que con poco trabajo me crearé una posición independiente y brillante.

HIGGINS. — (Admirándola.) ¡Vaya con la niña! ¡Bravo! Esto vale más que lloriquear y traer zapatillas. (Levantándose.) En verdad, Elisa: ahora eres una señora. Así me gustas. Ahora es cuando te suplico que vuelvas a mi casa y no discutamos más. Tú y yo... y Pickering seremos en adelante tres solterones amigos en vez de dos hombres y una niña boba.

ELISA. — Es que yo no tengo vocación para solterona.

HIGGINS. — Tú vente a casa y no te preocupes más.

ELISA. — (Se sonríe, mirándole.) En fin, por no desairarle...

MISTRESS HIGGINS. — (Asomando a la puerta.) Elisa, el coche nos espera.

ELISA. — (Saliendo.) Voy en seguida, señora. Adiós, míster Higgins. (Mirándole maliciosamente.) Hasta..., hasta después de la boda. (HIGGINS se pasea muy satisfecho y triunfante, haciendo sonar llaves y monedas en sus bolsillos.)

TELÓN

EPÍLOGO

El resto de la historia no necesita representarse en escena, y casi no tendría que ser contado si nuestras imaginaciones no estuvieran extraviadas por tantas obras románticas neciamente sentimentales, que nos han acostumbrado a que todo tiene que acabar bien, pese a la lógica y al sentido común. Pues bien: la historia de Elisa Doolitle, aunque sea una novela porque la transfiguración que en ella se efectúa parece extremadamente inverosímil, es bastante común. Tales transfiguraciones se han realizado en centenares de mujeres jóvenes, ambiciosas y resueltas, desde que Nell Gwynne les dio el ejemplo haciendo papeles de reina y fascinando a reyes en el teatro en el que había empezado de vendedora de naranjas. No obstante, todo el mundo se ha figurado que Elisa, por lo mismo que fue la heroína de una novela, debiera haberse casado con el protagonista. Esto es intolerable, no solamente porque su pequeño drama, si se funda en tan necio supuesto, se echa a perder, sino porque lo que ha de seguir es evidente para todo el que tenga el sentimiento de la naturaleza humana en general y del instinto femenino en particular.

Elisa, al decir a Higgins que no se casaría con él si la pretendiera, no estuvo coqueteando. No; expresó una decisión firme y bien reflexionada. Cuando un soltero interesa, domina y enseña a una soltera, y llega a ser importante para ella, como Higgins para Elisa, ella, si tiene bastante carácter para ser capaz de ello, considera siempre con mucha seriedad si le conviene manejárselas para llegar a ser su esposa, sobre todo si él tiene tan poco interés por el casamiento, que cualquier mujer determinada y empeñada en ello podrá capturarle. La decisión de ella dependerá en gran parte de si está realmente libre de escoger entre casarse con él o no; y esto, luego, dependerá de la edad y los ingresos de ella. Si está al final de su juventud y no tiene asegurada la subsistencia, se casará con él, porque tiene que casarse con cualquiera que la mantenga. Pero, a la edad de Elisa, una muchacha guapa no siente esa premura, sino que es libre de tomarlo o de dejarlo.

Por tanto, no es la razón, sino el instinto, el que la guía. A Elisa le dice su instinto que no se case con Higgins. No le dice que se separe de él. No duda en modo alguno que él será siempre una de las personas más interesantes que haya conocido en su vida. Le dolería mucho si alguna mujer llegase a suplantarla en el cariño de él. Pero como se siente muy segura en cuanto a este último punto, no duda tampoco en cuanto a lo que le conviene hacer, ni tendría esa seguridad aunque no existiese entre las edades de ellos una diferencia de veinte años, que a la juventud parece tan grande.

Como nuestros propios instintos no están interesados en lo que ella decida, vamos a tratar de descubrir alguna razón en pro o en contra de ello. Cuando Higgins excusó su indiferencia para con las mujeres jóvenes fundándose en el hecho de que tenían en la persona de su madre una rival irresistible, indicó la verdadera razón de su arraigada soltería. El caso es extraordinario sólo por cuanto son extraordinarias las madres notables.

Si un muchacho dotado de mucha imaginación tiene una madre pudiente que tiene inteligencia, gracia personal, dignidad de carácter sin aspereza y cultura artística que la capacita para adornar su casa de un modo exquisito, representa para él un tipo de mujer con el que pocas mujeres podrán rivalizar. Acostumbrado a la delicadeza de tal madre, a su sentimiento de belleza, al idealismo en que está impregnado todo su ser, luego encuentran insoportables las personas incultas que se han criado en hogares sin gusto, con padres ordinarios y desagradables, y para las que, por consiguiente, la literatura, la pintura, la escultura, la música y las relaciones personales cariñosas se presentan, si es que se presentan, como modalidades del sexo.

La palabra pasión no significa para ellas nada más, y el que Higgins pudiera tener una pasión por la fonética e idealizar a su madre en vez de a Elisa, les parecerá absurdo y antinatural. Sin embargo, si miramos a nuestro alrededor y vemos que casi nadie es bastante feo o desagradable para no encontrar con quién casarse si lo desea, mientras muchos solteros y solteras están por encima del término medio de las personas en cuanto a cultura y educación, no podemos dejar de sospechar que el desapego a los atractivos sexuales, un desapego por puro análisis intelectual, sea debido algunas veces por la admiración que los padres merecen a los hijos.

Ahora bien: aunque Elisa era incapaz de comprender todo eso ante el hecho de que Higgins resistía perfectamente a sus encantos, que a Freddy le tenían subyugado, instintivamente se daba cuenta de que nunca llegaría a dominarle ni a interponerse entre su madre y él (la primera necesidad de toda mujer casada). Para decirlo en pocas palabras: ella sabía que por alguna razón misteriosa él no había nacido para casado, según el concepto que ella tenía de un esposo: un hombre para el que ella lo fuera todo.

Aun de no haber existido la madre-rival, ella se hubiese negado a unirse con un hombre para quien ella era una figura secundaria, puesto que anteponía a todo sus intereses filosóficos. Si la madre de Higgins hubiese muerto, de todos modos le hubiesen quedado a éste Milton y el alfabeto universal. La observación de Landor de que los que tienen mayor potencia erótica son aquellos para quienes el amor es una cosa secundaria, no le hubiese hecho mucha gracia a Elisa. Añadid todo eso a su resentimiento contra los aires de superioridad dominante de Higgins y la poca confianza que le inspiraban sus carantoñas y finezas chistosas para aplacarla después de haberse excedido en sus brusquedades, y quedaréis convencidos de que el instinto de Elisa no se equivocaba al disuadirla de casarse con su Pigmalión.

Y ahora, ¿con quién se casó Elisa? Porque si Higgins era un solterón predestinado, ella seguramente no era una solterona predestinada. Pues esto puede contarse en pocas palabras a los que no lo han adivinado por las indicaciones que ella misma les ha dado. Casi inmediatamente después que Elisa airadamente declara su firme decisión de no casarse con Higgins, revela el hecho de que el joven míster Frederick Eynsford Hill le escribe diariamente declarándole su amor vehemente. El caso es que Freddy es joven; tiene veinte años menos que Higgins. Es un caballero, un "pollo bien", como diría Elisa, y se expresa como tal. Va muy bien vestido, es tratado por el coronel como un igual, la quiere sinceramente y no es el superior de ella ni trata de dominarla, ni mucho menos, en razón de las ventajas de su posición social. Elisa no está nada influida por la necia tradición romántica, según la cual todas las mujeres gustan de ser dominadas, cuando no maltratadas de palabra y de obra. "Cuando vayas a ver a una mujer, llévate tu látigo", dice Nietzsche. Los déspotas inteligentes nunca han limitado esa precaución a las mujeres: se han llevado su látigo cuando tenían que tratar con hombres y han sido servilmente idealizados por los hombres, mucho más que por las mujeres. Claro está que hay mujeres serviles, como hay hombres serviles; y las mujeres, en general, lo mismo que los hombres, admiran a los que son más fuertes que ellas. Pero admirar a una persona fuerte y vivir enteramente oprimida por ella, son dos cosas diferentes.

Los débiles tal vez no quieran ser admirados ni considerados como héroes; pero no por eso dejan de ser amados y mimados, y nunca tienen la más pequeña dificultad para casarse con personas que valen más que ellos. Tendrán sus fracasos a veces, pero la vida no es una cadena ininterrumpida de fracasos: es, las más de las veces, un nudo de situaciones para las que no hacen falta capacidades excepcionales, y que cualquier persona débil puede superar si otra más fuerte le presta ayuda. Por consiguiente, es una verdad a todas luces evidente el que las personas fuertes, hombres o mujeres, no solamente no se casan con otras personas fuertes, sino que ni siquiera traban amistad con ellas.

Cuando un león se encuentra a otro y éste lanza un rugido fuerte, el rugido le hace poca gracia. El hombre o la mujer que se siente bastante fuerte para dos, busca en su pareja cualquier calidad que no sea precisamente la fuerza. Lo contrario también es verdad. Las personas débiles gustan casarse con personas fuertes que no las asusten demasiado, y esto muchas veces las lleva a cometer la falta que definimos metafóricamente como "tomar en la boca más de lo que se puede masticar". Piden demasiado por lo que se puede pagar; cuando el trato resulta insufriblemente irrazonable, la unión se hace imposible: acaba con la parte débil, o es abandonada, o es soportada como una cruz, lo que es aún peor. Las personas que no solamente son débiles, sino también tontas u obtusas, se encuentran muchas veces en estas dificultades. Siendo éste el estado de las cosas humanas, ¿qué va a hacer buenamente Elisa, colocada entre Freddy e Higgins? ¿Querrá pasarse la vida buscando las zapatillas a Higgins, o preferirá que Freddy le busque a ella las suyas? La contestación no es dudosa. A menos que Freddy le sea biológicamente repulsivo e Higgins biológicamente atractivo, hasta el punto de subvertir los demás instintos, ella, si es que se casa, se casará con Freddy. Y es precisamente lo que hizo Elisa. Tuvieron complicaciones, pero fueron económicas, no románticas. Freddy no tenía dinero ni empleo. La pequeña fortuna de su madre, la última reliquia de la opulencia de Lagerlady Park, le había permitido seguir viviendo en Earlscourt con cierto aire de distinción, pero no procurar una instrucción superior secundaria seria a sus hijos, y mucho menos permitir al muchacho estudiar una carrera. Una colocación de escribiente a treinta chelines por semana estaba por debajo de la dignidad de Freddy, y era además muy poco de su gusto. Sus esperanzas eran que, conservando las apariencias, alguien haría algo por él. Ese algo se dibujaba vagamente en su imaginación, como una secretaría particular u otra sinecura por el estilo. Para su madre era tal vez su casamiento con alguna señora de posición que no había podido resistir la apostura de su hijo. Imaginad el efecto que le produjo la boda de Freddy con una florista que estaba déclassée en extraordinarias circunstancias, que todo el mundo conocía. Claro está que la situación de Elisa no era del todo despreciable.

Su padre, aunque había sido barrendero, había heredado una fortuna considerable y se había hecho sumamente popular en la sociedad más distinguida, por un talento social que poseía y que triunfaba sobre todo prejuicio y toda desventaja. Rechazado por la clase media, a la que odiaba, había ascendido de golpe y porrazo hasta los círculos más altos por su gracia y su cinismo de barrendero y su nietzscheana posición de más allá del bien y del mal. En las comidas íntimas de los palacios ducales se sentaba a la derecha de la duquesa, y en las quintas aristocráticas fumaba en el cuarto de los criados, y el mozo de comedor le trataba con mucha consideración cuando no comía en el comedor de los señores, donde le consultaban hasta ministros de la corona.

Pero todo eso le parecía tan difícil de hacer a razón de cuatro mil libras al año, como a la señora Eynsford Hill vivir en Earlscourt a razón de unos ingresos tan míseros que no tengo el valor de revelar su cifra exacta. Se negó en absoluto añadir a su carga lo más insignificante, contribuyendo a la manutención de Elisa. Así, pues, Freddy y Elisa, ahora los señores de Eynsford Hill, hubiesen pasado la luna de miel sin un penique, de no haber sido por un regalo de boda de quinientas libras hecho a Elisa por el coronel. Esa suma duró mucho tiempo, porque Freddy no entendía de gastar dinero, por no haberlo tenido nunca, y Elisa, socialmente educada por un par de solterones, llevaba los trajes mientras duraban y tenían buena apariencia, sin preocuparse de si ya habían dejado de estar de moda.

A pesar de todo, quinientas libras no son eternas, y llegó un momento en que vieron que tenían que hacer algo por sí mismos. Elisa sabía que podría haber ido a vivir en Wimpole Street, puesto que aquella casa había llegado a ser su hogar; pero bien sentía que no podía ir allí con Freddy, ya que esto era imposible para el bien parecer. Y no es que se hubiesen opuesto los solterones. Cuando ella los consultó, Higgins dijo que no había que molestarle con cuestiones domésticas, cuando la solución era tan sencilla. El deseo de Elisa de tener a su lado a Freddy no tenía para Higgins más importancia que si hubiese pedido cualquier mueble suplementario para su cuarto. No se le ocurría ni en sueños que había de tener en cuenta la posición delicada de Freddy, y que éste tenía la obligación moral de ganarse la vida. Negó que Freddy contase para algo en el mundo, y dijo que si intentara hacer algo útil, alguna persona competente tendría que tomarse la molestia de deshacerla, de modo que saldría perjudicada la sociedad y desgraciado el mismo Freddy, que, por lo visto, estaba destinado por la Naturaleza a un trabajo fácil, como el de divertir a Elisa; lo cual, según declaró Higgins, era una ocupación mucho más útil y honrosa que un empleo cualquiera en la City.

Cuando volvió Elisa a mencionar su proyecto de enseñar la fonética, Higgins expresó su oposición con la misma violencia que cuando oyó hablar de ello la primera vez. Dijo que ni en diez años sería ella capaz de meterse en tales honduras; y como era evidente que el coronel estaba conforme con él, ella vio que no podía en este particular luchar contra los dos, y que, además, no tenía derecho a explotar, sin el consentimiento de Higgins, los conocimientos que él le había dado, pues su saber tanto le parecía ser de su propiedad particular como su reloj de bolsillo. Elisa no era comunista. Luego, les era supersticiosamente afecta a ambos, más entera y francamente después de su casamiento que antes.

Fue el coronel el que finalmente resolvió el problema después de mucho reflexionar. Un día le preguntó a Elisa, con cierta timidez, si había renunciado completamente a su idea de poner una tienda de flores. Ella contestó que había pensado en ello, pero luego se lo había quitado de la cabeza, porque el coronel, aquel día, en casa de mistress Higgins, había dicho que nunca daría resultado.

El coronel confesó que cuando tal dijo estaba todavía bajo la impresión aplastante del día anterior. Por la noche hablaron del asunto a Higgins. Lo único que dijo fue una cosa que a poco enfadó seriamente a Elisa; que Freddy sería un botones ideal para hacer los recados de la tienda. Luego hablaron de ello al mismo Freddy. Éste dijo que también él había pensado en una tienda, en vista de los pocos recursos de que disponían, una tiendecita en la que Elisa por un lado podría vender tabaco, y él, por el otro, periódicos. Pero confesó que sería extraordinariamente bonito ir todos los días temprano con Elisa a Covent Garden y vender flores en el sitio donde se habían encontrado la primera vez: un sentimiento que le valió muchos besos de su mujer. Añadió que siempre le había asustado el proponer cualquier cosa por el estilo, porque Clara armaría un escándalo de mil demonios ante un paso que perjudicaría sus probabilidades matrimoniales, y a su madre tampoco le había de gustar por considerarlo un descenso en la escala social.

La dificultad desapareció a consecuencia de un acontecimiento nada esperado por la madre de Freddy. Clara, en el curso de sus incursiones a los círculos artísticos, que eran los más altos a su alcance, descubrió que su conversación era una especie de reflejo de las ideas expuestas en las novelas de míster H. G. Wells. Como esto le proporcionó cierto éxito, pidió prestadas dichas novelas a todos sus conocidos, y se las tragó todas en un espacio de dos meses. El resultado fue una de esas conversaciones como no son raras hoy día. Un moderno relato de los Actos de los Apóstoles llenaría cincuenta biblias compuestas si alguien fuese capaz de escribirlo. La pobre Clara, que se presentó a los ojos de Higgins y su madre como una persona desagradable y ridícula, y a los de su propia madre como un en cierto modo inexplicable fracaso social, no se había visto nunca bajo luz alguna, porque, hasta cierto grado ridiculizada y parodiada en West Kensington, como lo es allí todo bicho viviente, era aceptada como una especie de ser humano racional y normal..., hasta inevitable. Cuando más, la llamaban ambiciosa, sin darse cuenta de que ella misma no sabía lo que quería. En el fondo era una desgraciada. Su desesperación iba creciendo con el transcurso del tiempo. Su único título, el hecho de que su madre era lo que los tenderos de Epson llamaban una señora de carruaje, no tenía valor mercantil, por lo visto, y le impidió ir a un colegio, pues el único colegio que podría haber frecuentado era uno en que se hubiese educado con las hijas de los verduleros de Earlscourt.

Buscó la sociedad de la clase a que pertenecía su madre, y esta sociedad sencillamente la rechazó porque ella era mucho más pobre que una verdulera, y, lejos de poder tener una doncella, no podía tener siquiera una criada para todo, y tenía que arreglárselas con una asistenta de pocas horas diarias. En tales circunstancias era difícil que tuviera algo de los aires de Largelady Park. Y, sin embargo, su tradición le hacía mirar un casamiento con cualquier joven de posición modesta como una humillación insoportable. Los hombres pertenecientes al comercio o a una carrera profesional modesta, le eran odiosos. Corría detrás de pintores y novelistas; pero a éstos no les encantaba, y su manía de emplear términos artísticos y literarios y ejercer la crítica los irritaba.

En resumidas cuentas: era una completa fracasada, ignorante, incompetente, pretenciosa, cursi y sin un cuarto; y aunque no admitía tales descalificaciones (porque nadie se quiere confesar a sí mismo tan desagradables verdades), sentía sus efectos con demasiada frecuencia para estar satisfecha de su posición. Hubo quien abrió los ojos a Clara de un modo sorprendente, y fue una muchacha que despertó su entusiasmo y admiración y suscitó en ella un vehemente deseo de tomarla por modelo y ganarse su amistad. Cuál no fue su sorpresa cuando descubrió que esa joven tan superior venía del arroyo, desde el que había sabido elevarse a su actual altura en un espacio de pocos meses. Le chocó tan violentamente, que cuando míster H. G. Wells la levantó sobre la punta de su potente pluma y la colocó en el ángulo visual desde el cual la vida que estaba llevando y la sociedad a la que se pegaba aparecían en su verdadera relación con las necesidades humanas y la verdadera estructura social, efectuó una conversión y una convicción de pecado comparables a las hazañas más sensacionales del general Booth o de Gipsy Smith.

El snobismo de Clara se hizo añicos. La vida, de repente, empezó a circular en ella. Sin saber cómo ni por qué, empezó a hacerse amigos y enemigos. Algunos de los conocidos, para los que había sido una pelmaza ridícula o indiferente, rompieron sus relaciones con ella; otros, en cambio, se hicieron más cariñosos. Con gran extrañeza suya fue viendo que algunas personas "muy simpáticas" eran asiduos lectores de Wells, y que en la admiración de esas ideas estribaba el secreto de sus simpatías. Otras personas a las que había creído profundamente religiosas y con las que nunca había logrado tener relaciones amistosas, fingiéndose religiosa, se le hicieron de repente muy amigas y revelaron una hostilidad a la religión convencional como nunca la hubiese creído posible, excepto en caracteres completamente desesperados. Le hicieron leer a Galsworthy, y Galsworthy le explicó la vanidad de Largelady Park y acabó de convencerla. La exasperó el pensar que la mazmorra en la que había gemido tantos años había estado sin cerrar durante todo el tiempo; que los impulsos con los que había luchado con tanto cuidado y que había reprimido con el solo fin de quedar bien con la sociedad, eran precisamente aquellos por los cuales únicamente había logrado ponerse en contacto sincero con el resto de la Humanidad.

En el entusiasmo de estos descubrimientos y en el tumulto de su reacción hizo el ridículo con tanta evidencia, como cuando en el salón de la señora Higgins excitaron su admiración los desplantes de Elisa. Porque la recién nacida wellsiana hubo de adquirir nuevos modales y expresiones casi tan ridículamente como un niño que empieza a andar y a hablar. Pero nadie odia a un niño por sus torpezas naturales; se perdonan y hasta hacen gracia. Clara no perdió amistades por sus tonterías. Se rieron de ella en su cara, y tuvo que defenderse y que luchar lo mejor que pudo.

Cuando Freddy fue a Earlscourt (lo que nunca hacía cuando podía evitarlo) para hacer la desolada comunicación de que Elisa y él estaban pensando deshonrar el escudo de Largelady por abrir una tienda, encontró el exiguo hogar totalmente revuelto por una anterior comunicación de Clara, de que también ella se había colocado en una tienda de muebles antiguos situada en Dover Street, que había abierto una amiga wellsiana. Este empleo Clara lo debía, después de todo, a sus antiguas aficiones a rozarse con gente literaria. Se había empeñado en conocer personalmente a míster Wells, y la suerte quiso que en una garden-party tuviera ocasión de acercarse a él. Quedó encantada de su entrevista con él. La edad no le había desecado, y su conversación, que duró media hora, era de las más variadas y agradables. Su modo de expresarse, conciso y elegante; sus manos finas, sus pies pequeños, sus dichos agudos y sugestivos; su accesibilidad, su cortesía sin rastro de afectación, derramaban sobre su personalidad un encanto irresistible. Clara no habló de otra cosa durante largas semanas después. Y como por casualidad habló de ello con la dueña de la tienda de antigüedades antes aludida, y esa señora también deseaba más que nada conocer a míster Wells y venderle cachivaches bonitos, le ofreció a Clara un empleo de vendedora con el fin de lograr su deseo por intermedio de ella.

Y así sucedió que la suerte de Elisa se consolidó, y la esperada oposición a su proyecto se desvaneció. La tienda de flores está en los soportales de una estación de ferrocarril, no muy lejos del Victoria and Albert Museum, y si vivís por aquellos alrededores, tal vez algún día entréis allí y compréis de manos de Elisa una flor para el ojal. Ahora aquí se ofrece una última oportunidad para una novela: ¿No os gustaría saber que la tienda de flores fue un éxito inmenso, gracias a los encantos de Elisa y a su experiencia adquirida anteriormente en Covent Garden? Desgraciadamente, la verdad es la verdad. La tienda dio resultados económicos deplorables, sencillamente porque Elisa y su Freddy no entendían el negocio.

Es verdad que Elisa no tuvo que empezar desde el principio; conocía los nombres y los precios de las flores baratas, y se puso indeciblemente orgullosa al encontrarse con que Freddy, con su miaja de instrucción secundaria, sabía un poco de latín. Era muy poco, pero suficiente para hacerle aparecer a los ojos de ella como un Porsón o un Bentley, y facilitarle el conocimiento de la nomenclatura botánica. Desgraciadamente, no sabía más, y Elisa, a pesar de saber contar el dinero hasta dieciocho chelines, poco más o menos, y haber adquirido cierta familiaridad con el lenguaje de Milton, por lo que había trabajado con objeto de hacerle a Higgins ganar su apuesta, no era capaz de escribir una factura sin desacreditar el establecimiento.

La erudición de Freddy, que le permitía decir de carretilla en latín que Balbus construyó un muro y que Galia estaba dividida en tres partes, no le servía para nada en cuanto a la contabilidad. El coronel Pickering tuvo que explicarle lo que era un talonario de cheques y una cuenta corriente. Y a la pareja no había medio de enseñarle otras cosas. Ni uno ni otro comprendían que podrían haber ahorrado dinero tomando un contable con algún conocimiento de los negocios.

¿Cómo era posible ahorrar haciendo un gasto extraordinario, cuando sin hacerlo no podían salir de apuros? Pero el coronel, que no cesaba de ayudarlos con subvenciones, por fin se empeñó en que tomasen el contable; y Elisa, humillada hasta lo indecible por tener que acudir tantas veces a la generosidad del coronel, y excitada por las carcajadas de Higgins al pensar que Freddy no podía tener éxito en cosa alguna, se dio por fin cuenta de que el comercio, lo mismo que la fonética, tiene que aprenderse metódicamente. Permitidme que no insista en el lamentable espectáculo de la pareja pasándose las primeras horas de la noche en escuelas de taquigrafía y clases politécnicas, aprendiendo teneduría de libros y mecanografía con personas mucho más jóvenes que ellos y hasta con chiquillos de uno y otro sexo. Fueron también a la Escuela de Economía de Londres y se dirigieron humildemente al director de ella solicitando cursos especiales para aprender el negocio de la venta de flores.

Como aquel señor era un humorista, les explicó el método del famoso ensayo sobre la metafísica china, del que cuenta Dickens haber sido escrito por un caballero que primero leyó un artículo sobre China y luego otro sobre metafísica y combinó la información. Les propuso que combinaran los cursos de su escuela con los paseos por los jardines de Kew. Elisa, a la que el procedimiento del caballero ensayista pareció perfectamente correcto (como en realidad fue) y nada raro (la pobre era tan ignorante), aceptó el consejo con entera seriedad. Pero el esfuerzo que le costó la mayor humillación fue una petición a Higgins, cuya afición principal, después de los versos de Milton, era la caligrafía, y que tenía una hermosísima letra italiana, para que él le enseñara a escribir. Declaró que ella era congénitamente incapaz de formar una sola letra digna de la más ínfima de las palabras de Milton; pero ella insistió; y al punto se lanzó a la tarea de enseñarle con una combinación de impetuosa intensidad, comprimida paciencia y ocasionales arranques de interesante disquisición sobre la hermosura y nobleza, la augusta misión y finalidad de la escritura manual. Elisa terminó teniendo una letra absolutamente nada comercial, que era una positiva prolongación de su hermosura personal, y gastando tres veces más de lo necesario en material de escritorio, porque ciertas calidades y tamaños de papel se le habían hecho indispensables. No podía siquiera escribir un sobre del modo usual, porque no le cabían en él las señas dado el tamaño de su letra.

Sus estudios comerciales fueron para la joven pareja una época de desgracia y desesperación. Les parecía que no aprendían nada de la venta de flores. Finalmente, dejaron dichos estudios por inútiles y renunciaron para siempre a la taquigrafía, la mecanografía y demás materias de la Escuela de Artes y Oficios. El caso es que el negocio, de un modo algo misterioso, empezó a marchar por sí solo. Se habían olvidado de su anterior aversión y emplearon servicios ajenos. Concluyeron por convencerse de que tenían un talento notable para el comercio.

El coronel, que durante algunos años les había tenido una cuenta corriente abierta en su Banco para cubrir el déficit, se encontró un día con que la precaución era innecesaria, pues la joven pareja iba prosperando. Bien es verdad que tenían ciertas ventajas de que no disfrutaban sus competidores. Sus week-ends en el campo no les costaban nada y les ahorraban las comidas del domingo, pues las excursiones se hacían en el automóvil del coronel, y éste e Higgins pagaban las cuentas de los hoteles. Míster F. Hill, florista y verdulero (pronto descubrieron que se ganaba dinero vendiendo espárragos y otras verduras), era en el mercado y en la tienda el industrial clásico, pero en la vida particular y los días de asueto volvía a ser el señor Eynsford Hill. Todos, entonces, le tomaban por un aristócrata, pues nadie, fuera de Elisa, sabía que su verdadero nombre era sencillamente Federico Challoner. Elisa misma parecía haberlo olvidado. Eso es todo. Así termina la historia. Es extraño lo mucho que Elisa trata de intervenir en casa de los solterones de Wimpole Street, a pesar de lo que la ocupan su tienda y su propia casa. Y es de ver, aunque nunca regaña con su marido y sinceramente quiere al coronel como si ella fuera su hija favorita, cómo no puede perder la costumbre, adquirida aquella noche fatal en que le hizo ganar su apuesta, de reñir acaloradamente con Higgins. Cualquier pretexto le sirve para armar una gresca contra éste. Éste ya no se atreve a hacerla rabiar, rebajando a Freddy y echando en cara su inutilidad. Chilla y patea y dice palabras gruesas; pero ella se las tiene tiesas, hasta el punto de que a veces el coronel tiene que rogarle ser menos brusca con Higgins, y ésas son las únicas veces en que ella le pone ceño al coronel. Nada, excepto algún acontecimiento o alguna desgracia bastante grande para hacer desaparecer todos los quereres y todas las antipatías—y Dios quiera que nunca haya semejante cosa—, podrá cambiar esto.

Ella sabe que Higgins no la necesita, lo mismo que no la necesita su padre.

La brutal franqueza con la que le dijo aquel día que se había acostumbrado a tenerla cerca y dispuesta para toda clase de pequeños servicios y que la echaría de menos si se marchara (ni a Freddy ni al coronel se les hubiera jamás ocurrido decir cosas por el estilo), la convence cada vez más de que ella no tiene más importancia para él que un par de zapatillas. Con todo, ella se da cuenta de que su indiferencia tiene un fondo más prócer que la ofuscación de las almas ordinarias. Se interesa inmensamente por él. Hasta tiene ciertos momentos perversos en los que desea poder estar a solas con él en una isla desierta, lejos de todas las conveniencias sociales y con nadie más en el mundo a quien considerar, para verle bajar de su pedestal y hacerle el amor como cualquier otro hombre.

Todos tenemos secretas imaginaciones de esta clase. Pero cuando Elisa vuelve a la realidad y huyen los ensueños y fantasías, ama a Freddy y quiere al coronel; no quiere a Higgins ni a míster Doolitle. Galatea nunca quiere de veras a Pigmalión; las relaciones que existen entre ellos son de esencia demasiado supraterrestre para ser en su conjunto agradables.